U0165757

應用中文

吳進安、柯榮三、張美娟
薛榕婷、劉麗卿、翁敏修 著

　　「務實致用」是現代教育的目標之一，不僅是在職場上，也應用於日常的生活世界。應用中文領域的學習不只是文學、文采的內蘊，還可延伸應用到生活與職場上，增強競爭優勢，如虎添翼，展現個人魅力。

五南圖書出版公司 印行

序

　　中華文化博大精深，蘊含美麗文采與為人處事的原則與智慧，因此如何將此豐富且精緻的內容轉化而成具競爭力的職場能力，包括語言文字的表達、各種文體的應用以及搭配活用現代科技所發展起來的應用技術等等，皆是本書從「學以致用」以及「務實致用」的角度思考撰寫本書的初衷，畢竟美麗的文采不能僅止於美感經驗、內化修為或是風花雪月，更要外顯轉化而成具備現代職場可以一展長才、術德兼備的競爭優勢與看家本領。

　　本書之撰寫緣起於本校漢學應用研究所執行對高教深耕計畫、培育學生現代職場能力之需求的反思，如何讓學生將傳統文采運用於現代生活中，而不是僅止於欣賞與美感的層面，若能轉化培育而有一新的技能涵養與專長，傳統文化也是活水源頭。因此，在五南圖書公司的全力支持下，特邀請在雲科大專兼任的授課教師，包括翁敏修老師、柯榮三老師、張美娟老師、劉麗卿老師與薛榕婷老師等共同投入思考本書所欲傳遞之目的及內容。每位老師負責的主題如下：

翁敏修老師：對聯、契約與書狀；
柯榮三老師：履歷與自傳、書信；
張美娟老師：廣告文案、公文（簽／函／書函）；
薛榕婷老師：企劃書、簡報
劉麗卿老師：啟事與便條、會議文書。

　　本書之主題選材及撰述，即是將傳統文學領域與現代職場作有機的結合，各個主題無不是針對同學在學習階段與踏入社會之後之需求而發，側重在實務應用上，每個單元之後附有練習單，可以試擬實作，以達學以致其用之目的。在各章節的次第上，所依據的排序原則，即是從個人自我風格與特色塑造開始，因此履歷與自傳為先，

現代社會講求行銷與宣傳,因此廣告文案及企劃書、簡報之學習當不可忽視,第三則為公文書製作及其相關的書信、啟事、便條亦應認識,第四則為現代社會講求團體動力與互動,因此涉及個人與團體的會議文書、契約與書狀愈形受到重視;最後則是文學美感的應用,生活起居、隨興寄託;或抒發感受,或自勉期許,對聯之用途甚廣,亦可略增風雅,增進生活品味,透過語言與文學增進和諧的人際關係,在團體生活中達成與人合作,共創雙贏。本書不僅是中文的應用,也是擴增層面而達於應用的中文。

特別感謝五位老師於教學、研究與服務三者皆須兼備之情形下,投入撰稿工作,老師們亦常舟車勞頓,奔波於家庭與教室之間,在公務倥傯之際,配合本校高教深耕計畫、活化教學職能,增益學生職場中文應用之能力付出心血。於付梓之前夕,特為之序,以饗讀者。

雲科大漢學所所長

吳進安

2018.07.20

目　次

第一章
導 言

吳進安

一、傳統與現代之分

應用中文顧名思義即是中文應用於現代事物上的各種技術及表現形式。傳統上應用中文有廣、狹兩義之說。先就狹義而言，「應用文」它的定義如下：

> 凡個人與個人之間，或機關團體與機關團體之間，或個人與相關團體之間，互相往來所使用之特定形式之文字，而為社會大眾所共同遵循、共同使用者，謂之應用文。[1]

上述的說法稱之為狹義的應用文，簡稱為「應用文」，訴求的重點是落在高考、普考與特考等國家考試的「論文與公文」科目上。至於廣義的應用文，則是中文文字的運用於生活及職場之中，無論是過去或是現在，因此包括詩詞歌賦，或是個人感懷之作，如散文、新詩、經典（如《論語》、《大學》、《中庸》）、文字語意表述、個人感情抒發以及針對各種社會、政治等問題所提出之見解，是落在中文的表意、文學美感與生活體驗的層面表現，較之狹義定義之下的「應用文」，它的層面及內涵較為豐富及多元。

處今日之社會，傳統是現代生活的前期文明，現代則是傳統生活的延續與精進，如何運用傳統中文領域之文學、語意、表述、美感等條件注入於現代工作與生活中，而達「信、達、雅」之境界是現代人所應學習的工

---

[1] 張仁青編著：《應用文》，臺北：文史哲出版社，1984年，頁1。相類似的定義亦見之於蔡輝振編著：《應用中文》，高雄市：麗文文化，2009年，頁2。謝金美編著：《應用文》高雄市：麗文文化，2005年，頁2。

作。吾人認為「信、達、雅」三者即是吾人使用應用中文的具體要求,所謂「信、達、雅」之內容釋義如下:

— 「信」者,內容翔實,可以被信任,是人與人互信的基礎,彼此言而有據,誠信待物與待人。
— 「達」者,可以有效地達成溝通,增進彼此的認識,降低誤會。
— 「雅」者,運用豐富文采,合宜的感情溫度,創造雙贏。

因此,使用「應用中文」有二個步驟,第一是肯定傳統的應用文,對於處理人與他人,人與機關團體之間,或是機關與機關之間為了達成共同目的而必須製作的特定形式的文書,而彼此共同傳承與使用。第二個步驟是藉由傳統文字的活化、洗練、創意、昇華、進化所形成的傳播媒介或載體,以達成有效的溝通及其他目的。

二、應用文之由來

上古時代,文字尚未發明之前,先民傳達訊息,紀錄事務之方式首以結繩記事,可謂「大事大結」、「小事小結」、「多事多結」,這應該是最原初的應用文。中國最早的文字據信起於甲骨文,有了甲骨文之後,改以文字取代結繩記事之作為,而為文明之躍進,有了文字之後,人類於情意表達、思想溝通及訓令頒布等情事上,即有了共同的溝通工具之運用,達到彼此交流的效果。這個轉變在《易經‧繫辭下傳》即有完整的記載:

> 古者包犧氏之王天下也,仰則觀象於天,俯則觀法於地,觀鳥獸之文,與地之宜,近取諸身,遠取諸物,於是始作八卦,以通神明之德,以類萬物之情,作結繩而為罔罟……,上古結繩而治,後世聖人易之以書契,百官以治,萬民以察,蓋取諸夬。[2]

2　〔宋〕程頤‧朱熹撰:《易程傳‧易本義》,臺北:河洛圖書出版社,1974年,頁608-612。

　　這是描述從結繩記事到圖畫文字的出現，進而有書契的頒訂，記載著應用文的發展歷程，隨之在商即有甲骨刻辭及周之鐘鼎銘文，已略具應用文形式之雛型，其中最為有名的即是「毛公鼎」（圖1-1）與銘文（圖1-2）與「散氏盤」（圖1-3）（圖1-4）所記載。根據國立故宮博物館的資料說明如下：

> 毛公鼎，腹內鑄銘32行500字，是舉世最長的銘文。銘文前五段由「王若曰」、「王曰」領首的誥命，顯示出宣王亟求良佐的殷切期盼。第二段至第四段有連續多個「你不要」「你不能」「你不准」「你別敢想…」的強力命令句式，更透露了當時情勢的的動盪不安，以及對毛公臨危授命的迫切要求。[3]

圖1-1　毛公鼎。　　　　　圖1-2　毛公鼎II。

　　散氏盤腹飾夔紋，間以獸首三，足飾獸面紋。首句「用矢撲散邑，迺即散用田」說明了紛爭的伊始：因為矢國攻打

3　國立故宮博物院，鐘鼎彝銘－漢字源流展。查詢日期：2018年07月17日，取自https://www.npm.gov.tw/exh99/bell/3_ch.htm

（偷襲）散國的城池田邑，造成散國損失，於是由矢國割田地二區以爲賠償。文中兩段割地樹封的履勘紀錄，緊接著是矢人與散氏參與定界的見證名單，末段則爲割地後盟誓立契的實景：（在豆國新宮東廷）原屬矢人土地第一區的三員首長與第二區的二名主管相繼盟誓，確定守約後，將所割田地繪圖，交由矢王執守，史正仲農則執左券以爲文書之認證。[4]

圖1-3　散氏盤。　　　　圖1-4　散氏盤II。

　　再從《尚書》也可發現有典、謨、訓、誥、誓、命等文體，顯示當時的公文書是有多樣性的文體。魏曹丕《典論・論文》將文體分為奏議、書論、銘誄、詩賦四類。隨著朝代時間的推移，各式各樣的文體應用而有不同功能的展示，蕭統[5]《昭明文選》三十八類選文中，性質上屬於應用文的有二十餘類，包括：「獻詩、公讌、祖餞、贈答、挽歌、詔冊、令、教、表、上書、啟、彈事、牋、奏記、書序、檄、銘、誄、哀、碑文、墓誌、弔文、祭文⋯⋯」[6]皆可稱之為應用文。

4　國立故宮博物院，吉金耀采-院藏銅器精華展。查詢日期：2018年07月17日，取自https://theme.npm.edu.tw/selection/Article.aspx?sNo=04001043#inline_content_intro

5　蕭統為南朝梁武帝的長子及太子，他組織文人共同編選而成《文選》，又名《昭明文選》是中國現存最早的一部詩文總集。蕭統逝後諡「昭明」，這部總集共60卷。收錄豐富。

6　《文選》分為詩、賦、七、詔、冊、令、教、文、表、上書、啟、彈事、牋、奏記、書、檄、對問、設論、辭、序、頌、贊、符命、史論、史述贊、論、連珠、箴、銘、誄、哀、碑文、墓誌、行狀、弔文、祭文等。

　　除了官方文書是應用文之外，在小傳統中應有多項膾炙人口流傳久遠之小品，例如清朝道光舉人梁紹壬[7]有名的《兩般秋雨盦隨筆》所載的故事，提及古時候某地有一清純少女，不識之無，不嫻文墨，因為男友久無音信，想念不已就在紙上畫了一個圈，再畫一個圈，如下圖所示，「○○○○○○○○○○○○○○○○○」。她男友看了老半天，不得其解，便向村里的學究請教，學究舉筆為「圈兒詞」解之。

> 相思欲寄無從寄，畫個圈兒替。
> 話在圈兒外，心在圈兒裡。
> 我密密加圈，你須密密之儂意。
> 單圈兒是我，雙圈兒是你。
> 整圈兒是團圓，破圈兒是別離。
> 還有那訴不盡的相思，
> 把一路圈兒圈到底。

　　再根據劉大白[8]《舊詩新話》的說法，「這故事是從北方雜曲『寄生草』一詞來的，原詞為：「欲寫情書，我可不識字；煩個人兒，使不得；無奈何畫個圈兒為表記。此封書為便情人知此意，單圈是奴家，雙圈是你，訴不盡的苦，一溜圈兒圈下去，──一溜圈兒圈下去！」

　　上述這則傳奇故事，即是該少女的應用文，類似之故事與情節亦不勝枚舉，重點是要有特定傳達的對象與信息。在張仁青教授所著之《應用文》一書亦介紹一則令人莞爾之故事，摘錄如下：

> 曾國藩之部將**鮑超**，勇而無文，某次，為**太平軍**所圍，情勢危急，遂命幕僚作書向**曾**求援，詎知幕客咬文嚼字，反覆推敲，遲遲不能定稿。**鮑超**迫不及待，信手取軍旗一

7　梁紹壬（1792-？）為清道光舉人，字應來，號晉竹，錢塘人。能承家學，工詩善文。
8　劉大白（1880-1932）為前清舉人，浙江紹興平水鎮人。現代詩人，文史學家，白話詩的倡導者之一。

面，在『鮑』字四周畫無數個圓圈，令使者飛馬送至<u>曾</u>處，<u>曾</u>一見，知爲敵兵所圍，即派兵馳援。此軍旗即<u>鮑超</u>之應用文。[9]

　　應用文從傳統文人所稱之「文以載道」，以論立身處世之道，或述經國濟世之方，或論人性之理等無不屬之；抑或是個人性情之作，讀之而有流連忘返、蕩氣迴腸者有之；但是時至今日工商業社會，人與他人、人與機關團體之互動頻繁，益爲密切，所涉及者已包括權利與義務等範圍，身爲現代知識份子，亦應略諳應用中文之作法與巧門，於個人風格塑造、謀職就業或應考試、服公職等有一長才得展的機會，同時又有其左右逢源之樂趣。

三、撰寫要點

　　謝金美認爲應用文包括如下種類，其論點頗爲周全：

> 應用文種類繁多，除以往交際應酬的書信、名片，柬帖、便條、題詞、對聯、慶賀文、祭弔文之外；又有現代社會需用的的公文、契約、規章、書狀與字據、會議文書，以及求職用的履歷表與自傳；工商業發達以後又有簡報、廣告、報告、企劃文書及演講詞等，眞是不勝枚舉。[10]

　　應用中文所包含的範圍既如上述，它不僅僅是中文領域文字意涵、心思所向的使用，也涉及個人所欲達成目標是否能實現的問題，因此在撰寫上除了必須考慮人、事、時、地、物等條件外，宜有如下原則的把握：

9　引自張仁青：《應用文》，頁2。
10　謝金美編著：《應用文》，高雄市：麗文文化，2004年，卷頭語。

㈠認清傳達信息的對象，了解彼此關係

在應用文中與此相關者有公文往返、發送對象、書信的收信者、柬帖、題辭收受者，彼此的關係是長輩、平輩、晚輩或機關團體在其行文格式，語意訴求用語皆是息息相關，必要釐清彼此關係與位階等，若發生誤會，畫虎不成反類犬，效果便會大打折扣；再如契約與規章的當事人為誰，均關係著彼此權利與義務，業務是否順利推動與否，必須審慎認清對象，才不致有張冠李戴，混淆輩分而貽笑大方，或是職權不分之情事。

㈡誠意正心，內容切合實際

應用文的目的無非是為了要達成某項特定的目標以及成效，因此在字裡行間流露而出的是透過誠意正心而得到他人的信任，所謂「不誠無物」，舉凡書信、推薦信與個人自傳、履歷等皆是如此。各項訴求不可虛擬造假，要有責任擔當，擲地有聲，言之成理。即使在應酬社交方面，如贈聯、題詞、頌詞、行狀、祭文等，雖性質多屬讚美，亦不應過度誇張溢美，加油添醋，應符合當事人身分，以避開阿諛諂媚之嫌。

「修辭立其誠」是先哲教人之方，歷史上有名之作品傳頌千古，其來有自，如諸葛亮之《出師表》，李密之《陳情表》，陸贄之《奉天改元大赦制》，韓愈之《祭十二郎文》以及袁枚《祭妹文》等皆是出於誠摯之情，撰述者正心誠意，內容平實才能感人肺腑而動人心弦，流傳永遠。

㈢體裁適當，表達中肯適切

應用文之寫作，就大格局而言，首先是選對體裁，在依循原有格式之外，亦可斟酌實況、用語適當，在可接受的範圍內允許適度之權變，但不宜憑空杜撰而有失真實。蔡輝振認為在各種體裁方面宜有其原則與規範，茲引述如下：

> 書牘方面，貴其文理昭暢，抒情雅正，匠心獨運，擲地金聲。公文方面，貴在文從字順，井井有條，內容完整，明白曉暢。柬帖內容宜簡要明瞭而莊重。題辭以精確而富於

內涵的四字達意。對聯除了溝通達意之外，兼有顯露才華的作用，雖然對聯字數不一，有的長對，有的短對，但其詞性對仗必須工整，音韻也須講究，內涵更是不可或缺，具備以上幾個條件，才堪稱上品。撰寫契約，不妨參考舊章，參照前人經年累月考驗之後成果加以修改。同時書寫的過程不標榜所謂「落紙如飛，不假思索，援筆立就」，而是要深思熟慮，面面俱到，字斟字酌，精確推敲，寫出絲毫不苟，四平八穩的內容。

履歷自傳，貴其情見乎詞，斐然成章，不宜自猥樗櫟庸材。既要顯露人品高尚，才藝超群，卻又態度謙沖而溫文；尤須表白其專心致志、努力不懈，吃苦耐勞，敬業樂群的精神，而且蘊含豐沛的發展潛力。撰寫行狀，敘述死者生平行誼及爵里，生卒年月，不宜諂媚浮泛，有過失則適度寬宥，有美善則如實表揚。撰寫規章，自宜展現公開公平公正、開誠布公的精神，思慮周到，注重條理。[11]

㈣配合科技發展，與時俱進

時代在變，環境在變，此一時，彼一時也。研習應用文，應當配合今日之環境氛圍、科技發展，除了文章內容如前述之要求外，亦應輔之以現代科技的各種軟體，如企劃書、簡報製作之PPT當與時俱進，已有各種套裝軟體可資應用，展現其簡約、活潑、有重點之特性，不宜偏廢，即可適切表達所欲闡述的內容與訴求之目的，適當借用技術創新，令人一新耳目，留下深刻印象而能卓立不凡。

固然學者曾言：「良好的公文，必出於具備豐富行政任職者之手。精密的契約，必出於具備深厚法律知識者之手。優美的對聯、慶弔文，必出於具備高深國學素養者之手」[12]於今日時代，隨著科技創新研發，各種

---

11 蔡輝振編著：《應用中文》，高雄：麗文文化，2009年，頁13。

12 謝海平‧黎建寰：《國學常識及應用文》下冊，臺北：國立空中大學，1993年。

輔助軟件推陳出新，對於應用中文領域所欲達成的目標助益尤大，吾人平時亦應加以揣摩，學而時習之，方能得心應手，有內在的文采，豐富的內涵，雋永的文辭，真摯的感情，外在而有與時俱進的自修精練，加上應用現代科技技術，表現於各項作品之中，要出人頭地，鯉魚躍龍門，當非難事。

四、結語

　　文字的使用與傳閱被認為是文明躍升發展的標記，藉由文字紀錄使我們了解過去與現在，並可策勵將來，藉由影像紀錄使我們可以回到從前、反思此刻、走進未來。由此，人們的心智活動、內在思維、精神意識得以表達、傳遞和激盪，建立典章制度和良性的溝通情境。傳遞多年的傳統文化，在新與舊之間徘徊擺盪，面對嶄新科技卻也有它的立足之地，應用中文即是一例。大學教育旨在培養學生「問題分析與解決行為」、「人際溝通行為」、「團隊合作行為」以及「創新行為」四項核心能力，如果這是必需的且為現代教育的目標，無疑地「應用中文」的認知與實踐即是一個必須與學習的範例。

第二章
履歷與自傳

柯榮三

壹、履歷

一、履歷概說

　　「履」作為動詞，有實行、經歷的意思；「歷」作為名詞，則有過往經驗的含意。所謂「履歷」，按照《中文大辭典》的解釋係為：「凡人之出身經歷，統曰：『履歷』」。《漢語大辭典》則謂：「指個人經歷的書面紀錄」。簡言之，履歷即是記錄個人生平經歷的文件，通常以表格的方式呈現，故又可稱為「履歷表」。

　　「履歷」一詞很早就出現在中文當中，根據清人趙翼（1727-1814）《陔餘叢考》（1790）卷27所記，最早將「履歷」兩字合用的文獻典籍，可能是《魏書》（554）卷41〈源子恭傳〉：「……又其履歷清華，名位高達，計其家累，應在不輕。今者歸化，何其孤迥？」約莫到了宋代（960-1279），「履歷」開始成為官場上常用的一個慣用詞語。古代官員的履歷是什麼樣子呢？《清代官員履歷檔案全編》（秦國經主編，上海：華東師範大學出版社，1997年10月）收錄了55,883件清代文武官員的履歷檔案，清末對臺灣影響甚大的名臣沈葆楨（1820-1879）履歷單（圖2-1）即在其中。

　　沈葆楨的履歷單中，記錄了他的年紀（三十九歲）、籍貫（福建福州府侯官縣人，原籍浙江）、學歷（廩生中式道光十九年[1839]己亥科舉人，道光二十七年[1847]丁未科進士，改庶吉士）、經歷（散館授職編修。咸豐二年[1852]充壬子科順天鄉試同考官。四年[1854]五月補授江南道監察御史；十月轉掌貴州道監察御史；十二月截取引見奉旨記名，以繁缺知府用。五年[1855]正月補授浙江杭州府遺缺知府。本月[二月]初二奉

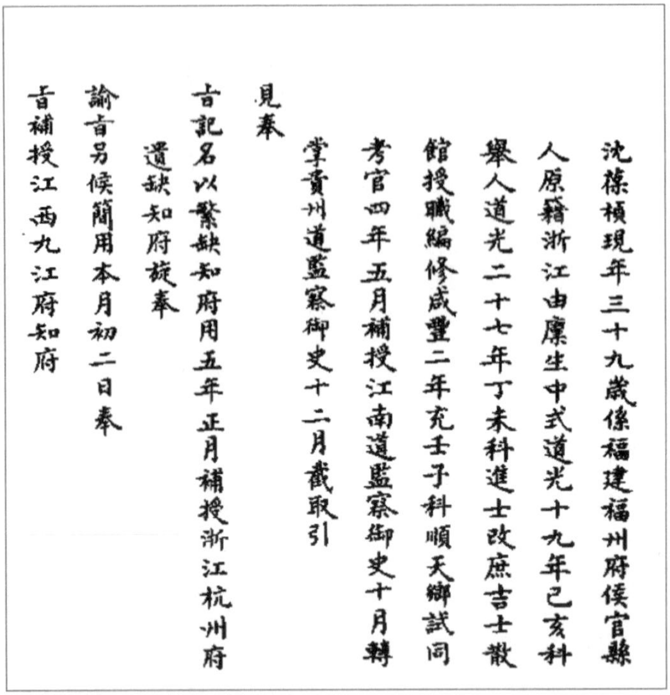

圖2-1 沈葆楨履歷單，《清代官員履歷檔案全編》第3冊，頁481-482。

旨補授江西九江府知府）等個人資料。

再者，古代的讀書人在參與科舉考試的過程中，也留下不少具有履歷性質的史料文獻，例如「開澎進士」蔡廷蘭（1801-1859）在道光十七年（1837）獲選為「拔貢」，其留下的「齒錄」資料（圖2-2）：

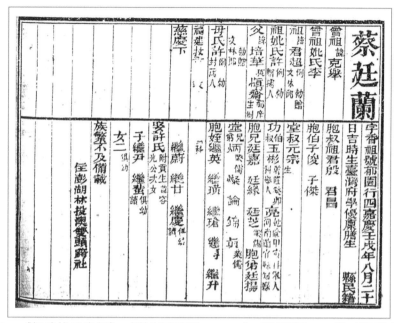

圖2-2　《福建拔貢齒錄》（道光丁酉科，1837）「蔡廷蘭」，載《臺南文化（舊刊）》4卷3期（1955年4月），頁40。

　　所謂「齒錄」，係科舉時代應試者將同登一榜者的姓名、年齡、籍貫、家族成員等資料彙刻成書之稱。從蔡廷蘭的這份齒錄資料，我們可以知道他的字號（字香祖，號郁園）、家族排行（行四）、生日（嘉慶壬戌年[1802]八月二十日，按，蔡廷蘭實際生年為1801年，虛報歲數是自宋代以來科舉士子填寫齒錄時的慣例，稱為「官年」）、學歷（臺灣府學優廩膳生）、家族成員（父、祖、曾祖三代，以及伯叔、兒姪等）、地址（澎湖林投澳雙頭跨社）等個人資料，可謂是蔡廷蘭一份簡要的「履歷」。

　　由此可知，古人之所以使用「履歷」，最主要是為了任官以及考試所需。今日的履歷表，大抵上也是運用於求職或者升學兩方面，形式上則又依性質的不同而有簡單或詳盡之別。

二、履歷的形式

　　履歷的形式，可以有相當簡單的坊間販售履歷卡，亦有欄位較為詳盡

的公司行號人事單位履歷表，以下僅依序介紹。

㈠坊間販售履歷卡

　　坊間販售的履歷卡，欄位設計上通常較為簡要，列出的項目概有姓名、性別、出生年月日、身分證字號、通訊地址、聯絡電話、學歷、曾任工作、希望待遇、駕照（汽車或機車）等，另再黏貼照片一張（一年內）。

姓名		性別		（一年內照片）
出生年月日				
身分證字號				
通訊地址				
聯絡電話				
學歷				
曾任工作				
希望待遇		駕照	汽車□　　機車□	

　　坊間販售的履歷卡，從其羅列的欄位來看，在基本的個人資料之外，另列出學歷、曾任工作、希望待遇、駕照等，適合使用於應徵一般工作的求職，如果是要應徵具備專業導向的工作，則不建議使用這樣的履歷卡；不過，履歷卡所列出的欄位，可以作為我們自行設計履歷表的參考。

㈡自行設計履歷表

　　自行設計的履歷表，可以參考坊間販售的履歷卡，另行再依求職或升學的用途不同，增列使用者意欲強調或突顯的資訊。舉例如下：

1. 求職用（曾有工作經驗者）自行設計履歷表範例

姓名	王小明	性別	男	（一年內照片）
出生年月日	1988年8月8日	兵役（男）	役畢	
身分證字號	A123321123			
戶籍地址	640雲林縣斗六市大學路三段123號			
通訊地址	640雲林縣斗六市大學路三段123號			
聯絡電話	市話：05-5342601 手機：0999-999999			
e-mail	Kinglight@gmail.com			

學歷	學校名稱	科別／系所	修業期間	畢（肄）業
	斗六家商	廣告設計科	2004.9-2006.6	畢業
	雲林科技大學	文化資產維護系	2006.9-2009.6	畢業
	雲林科技大學	漢學應用研究所	2009.9-2011.6	畢業

經歷	任職單位	職稱	任職期間
	雲林科技大學漢學應用研究所	專案助理	2013.8-2013.12
	五南圖書出版公司	責任編輯	2014.1-2015.12
	斗六門文史工作室	副執行長	2016.1-2016.12

專業證照	1.圖文組版—文字處理丙級證照 2.廣告設計丙級證照 3.全民英檢中高級測驗合格 4.Auto CAD 2010國際認證 5.MOS專業認證（Expert）
專長	文物普查、田野調查、口述歷史
語言能力	國語、臺語、英語、日語
應徵職務	企劃、策展專員

駕照	汽車■　　機車■	希望待遇	依貴單位規定

　　自行設計的求職用履歷表，若是已有工作經驗者，可以強調任職經歷、專業證照、專長、語言能力。在任職經歷欄中，宜註明各段任職工作

的起迄期間；專業證照一欄，則最好能以序號條列逐一羅列。

2. 求職用（無工作經驗者）自行設計履歷表範例

姓名	王小華		性別	女	
出生年月日	1988年8月8日		兵役（男）		（一年內照片）
身分證字號	A223344556				
戶籍地址	640雲林縣斗六市大學路三段123號				
通訊地址	640雲林縣斗六市大學路三段123號				
聯絡電話	市話：05-5342601 手機：0999-999999				
e-mail	Kinghua@gmail.com				
學歷	學校名稱	科別／系所		修業期間	畢（肄）業
	斗六家商	應用外語科		2013.9-2015.6	畢業
	雲林科技大學	應用外語系		2015.9-2018.6	畢業
經歷	任職單位		職稱		時間
	斗六家商校刊社		執行祕書		2014.2-2015.1
	永齡希望小學		課輔老師		2016.1-2017.12
	雲科大漢學所（○○○老師）		科技部專題計畫案兼任助理		2016.8-2018.6
	雲科大校刊社		學術長		2016.8-2017.12
	雲科大學應外系（○○○老師）		教學助理		2016.9-2017.6
	《漢學研究集刊》		編輯助理		2017.1-2018.6
專業證照	1.全民英檢高級測驗合格 2.TOEFL ITB 550分 3.MOS專業認證（Expert）				
專長	即席翻譯、編輯、攝影、美術				
語言能力	國語、臺語、英語、日語				
應徵職務	空服員				
駕照	汽車■ 機車■		希望待遇	依貴單位規定	

　　自行設計的求職用履歷表，若是社會新鮮人尚無工作經驗，在經歷一欄，可以將在校期間參與社團、擔任工讀的經驗列入，避免空白。專業證照、專長、語言能力，亦應盡量條列出能為自己加分的項目。

3. 升學用自行設計履歷表範例

姓名	王小明		性別	男	
出生年月日	1997年8月8日				（一年內照片）
身分證字號	A123321123				
戶籍地址	640雲林縣斗六市大學路三段123號				
通訊地址	640雲林縣斗六市大學路三段123號				
聯絡電話	市話：05-5342601 手機：0999-999999				
e-mail	Kinglight@gmail.com				

學歷	學校名稱	科別／系所	修業期間	畢（肄）業
	斗六家商	應用外語科	2013.9-2015.6	畢業
	雲林科技大學	應用外語系	2015.9-2018.6	畢業

社團／工讀經歷	社團／工讀名稱	職稱	時間
	斗六家商校刊社	執行祕書	2014.2-2015.1
	永齡希望小學	課輔老師	2016.1-2017.12
	雲科大漢學所（○○○老師）	科技部專題計畫案兼任助理	2016.8-2018.6
	雲科大校刊社	學術長	2016.8-2017.12
	雲科大學應外系（○○○老師）	教學助理	2016.9-2017.6
	《漢學研究集刊》	編輯助理	2017.1-2018.6

專業證照	1. 全民英檢高級測驗合格 2. TOEFL ITB 550分 3. MOS專業認證（Expert）

得獎紀錄	1. 雲科大107學年度全校作文比賽第2名 2. 雲科大第14屆全校英文寫作比賽佳作 3. 第12屆虎尾溪文學獎社會人士組圖文組佳作

獎學金	1. 105學年度第2學期學行優良獎勵 2. 106學年度第1學期學行優良獎勵 3. 106學年度第2學期學行優良獎勵 4. 107學年度第1學期學行優良獎勵 5. 107學年度第2學期學行優良獎勵
研究興趣	比較文學、域外漢文學
學術獎助	科技部106年度大專學生研究計畫

　　自行設計的升學用履歷表，最好能具備有得獎紀錄、獎學金、研究興趣、學術獎助等欄位。然而，若求學過程中缺乏相關資歷則可省略，以免造成欄位內容空白。

㈢公司行號履歷表

姓名		性別	男□　女□	(正貼照片)
婚姻狀況	已婚□　未婚□	配偶姓名		
身分證字號		出生日期		
戶籍地址				

聯絡地址		手機	
		電話	
		e-mail	

緊急聯絡人	姓名		關係		電話	(日)　　(夜)
	地址					

學歷	學校名稱	科系	肄／畢	起迄時間
高中（職）				年　月～　年　月
專科				年　月～　年　月
大學				年　月～　年　月
研究所				年　月～　年　月
博士				年　月～　年　月

經歷	公司機關名稱		部門／職稱		起迄時間	
1					年　月～　年　月	
2					年　月～　年　月	
3					年　月～　年　月	
家庭概況	稱謂	姓名	存／歿	年齡	職業	服務地點
1						
2						
3						
4						
5						
專業訓練或通過檢定考試：（請提供證明文件）						
訓練項目	主辦單位		期間		地點	
專長						
兵籍：　　　軍種階級：　　　退伍日期：　年　月　日　　退伍證號：						

（此表格係五南圖書公司人事單位提供，筆者再略加修改，特申謝忱）

　　公司行號人事單位使用的履歷表，欄位明顯較自行設計的求職用履歷表更多。在求職前應先連結到應徵公司網站，瀏覽是否有人事履歷表格可供下載。若該公司應徵時須依其人事履歷表格填寫，應從其應徵規定填寫。若無須依其人事履歷表格填寫，也不妨可就其表格為參照標準填寫履歷（相關欄位則依個人狀況略加調整），藉以迎合該公司徵才所需。

三、履歷的填寫原則

　　從前舉的履歷範例中，可知履歷羅列的欄位概有：

㈠個人基本資料

　　包括姓名、性別、身分證字號、出生年月日、戶籍地址、通訊地址、

聯絡電話（市話、行動電話）、e-mail信箱、緊急聯絡人、家庭概況、兵役狀況（男性）等。各項資料中，通訊地址、聯絡電話、e-mail信箱尤其務必填寫正確（例如，e-mail若包含數字或英文，應標示清楚），以免無法即時收到應徵單位或報考學校的通知消息。

㈡學歷、經歷

填寫學歷、經歷時，建議填至前一學習階段即可（例如大學畢業生，最多由高中職階段開始填寫）。若是自行設計的履歷表，填寫時由遠而近或者由近而遠皆可，唯填寫順序務必有一致的規律。

在經歷一欄，盡量以能跟填寫履歷之目的相結合為原則，例如為求職所用的履歷表，應該依照應徵公司屬性，選擇符合該項職缺所需，並能展現自我人格特質、工作能力的經歷填寫；誠如前述，即使是社會新鮮人，也可將在校期間參與社團、擔任工讀的經驗列入，盡量避免表格欄位留白。

㈢專業證照、專長、語言能力、駕照、希望待遇

避免在履歷表所列欄位中留白最好的方法，是在求學階段及早規劃自己的未來。例如有意就業者，可以藉助上舉自行設計的求職用履歷表格欄位，好好思考若要讓這張履歷表看起來充實、出色，應該在學習階段準備好哪些專業證照，以及培養哪些可以與職場所需結合的專長、語言能力。若有機車或汽車的駕駛執照，在自行設計的履歷表中亦可列出，若無則可省略。至於希望待遇，一般建議可填寫「依公司規定」或「依貴單位規定」。

㈣得獎紀錄、獎學金、學術獎助

有意繼續升學者，同樣可以參考上舉自行設計的升學用履歷表格欄位，積極在求學階段勇於嘗試各種獎項，爭取榮譽，並努力讓學業成績名列前茅、申請學術獎助，從各方面展現卓越的研究潛力。

貳、自傳

一、自傳概說

所謂「自傳」，按照《中文大辭典》的解釋係為：「自述生平之著作」，為「敘述己身身言故事之傳記」。「傳」是一種文體，明代文人徐師曾（1517-1580）《文體明辯》（1570）卷58〈傳一上〉有云：

> 按，字書云：「傳者，傳（平聲）也。紀載事迹，以傳於後世也。」自漢司馬遷作《史記》，創爲列傳，以紀一人之始終，而後世史家，卒莫能易。嗣是山林里巷，或有隱德而弗彰，或有細人而可法，則皆爲之作傳，以傳其事、寓其意，而馳騁文墨者，間以滑稽之術雜焉，皆傳體也。

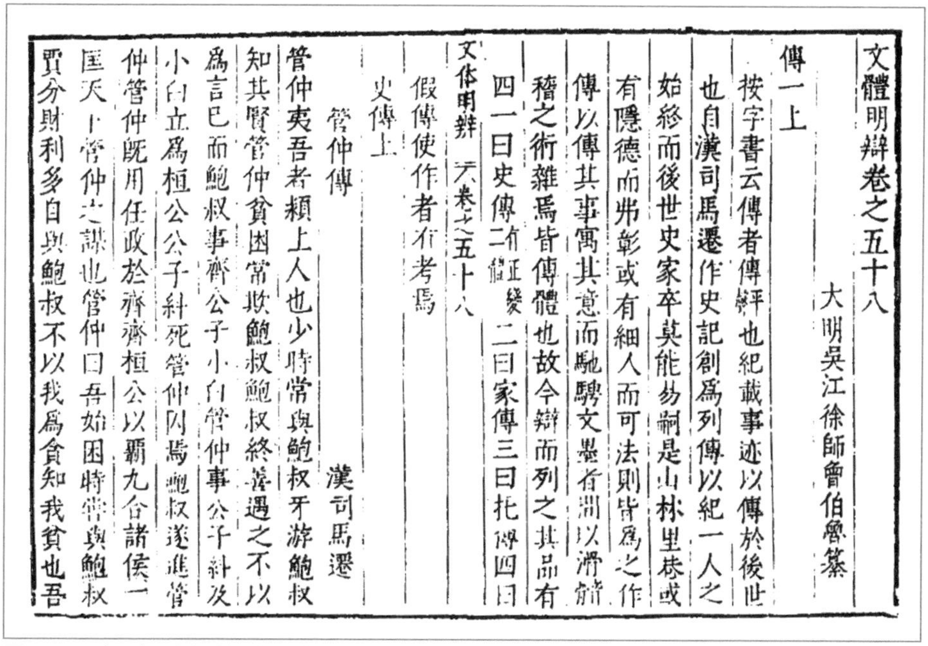
文體明辯卷之五十八
大明吳江徐師曾伯魯纂
傳一上
按字書云傳者傳（平聲）也紀載事迹以傳於後世
也自漢司馬遷作史記創爲列傳以紀一人之
始終而後世史家卒莫能易嗣是山林里巷或
有隱德而弗彰或有細人而可法則皆爲之作
傳以傳其事寓其意而馳騁文墨者間以滑[illegible]
稽之術雜焉皆傳體也故今辯而列之其品有
四一曰史傳（有正變）二曰家傳三曰托傳四曰
文体明辯　卷之五十八
假傳使作者有考焉
史傳上
管仲傳　漢司馬遷
管仲夷吾者潁上人也少時常與鮑叔牙游鮑叔
知其賢管仲貧困常欺鮑叔鮑叔終善遇之不以
爲言已而鮑叔事齊公子小白管仲事公子糾及
小白立爲桓公公子糾死管仲囚焉鮑叔遂進管
仲管仲既用任政於齊齊桓公以霸九合諸侯一
匡天下管仲之謀也管仲曰吾始困時嘗與鮑叔
賈分財利多自與鮑叔不以我爲貪知我貧也吾

圖2-3　（明）徐師曾《文體明辯》（1570）卷58，北京大學圖書館藏明萬曆建陽游榕銅活字本，收入《四庫全書存目叢書》集部第312冊（濟南：齊魯書社，1997年7月），頁370。

故今辯而列之，其品有四：一曰「史傳」（有正、變二
體）；二曰「家傳」，三曰「托傳」，四曰「假傳」，使
作者有考焉。

從司馬遷（145 B.C.-86 B.C.）在《史記》中創立「列傳」開其端，最主要
的目的在於史家以其史筆，記錄值得著述之人的生平事蹟，使之能傳於後
代，彰顯其德而為世人所效法。

　　這裡我們所談的自傳，其目的並非古人「紀一人之始終」、「以傳
其事、寓其意」之用。這裡的自傳，其用途概與履歷相同，在於求職或者
升學兩方面。自傳、履歷都是向他人介紹自己的一種應用文書，履歷的書
寫原則，在於以條列方式，明白扼要地呈現個人資料、學經歷、專長、證
照、得獎紀錄等訊息；至於自傳，則是必須將履歷條列式的內容，轉為結
構完整、意思清楚的段落文章。

二、自傳的內容

　　無論是求職用或者升學用的自傳，我們都可以將其當成是一篇以介紹
自己為題的散文來思考，與一般散文較不同的是，自傳的內容不需要有過
多華麗的修辭，其結構則與履歷相仿，大體而言可以分為幾個項目：

㈠個人家庭背景

　　每個人的成長皆一定會受到家庭背景的影響，自傳的撰寫多半不會忽
略家庭背景對個人性格塑造及養成的重要性，然而對於個人家庭背景的敘
述，往往也容易流於陳腔濫調的書寫，所以一般建議不用花費太多篇幅在
這個段落中。不過，若是真正具有獨特的家庭背景，例如家族成員曾在專
業領域有過傑出表現，不妨可以多著墨幾句，加深閱讀者看到自傳時的第
一印象。

㈡求學歷程

　　求學歷程建議可從前一階段寫起，例如大學畢業後要求職或報考碩士

班，可由高中職階段開始書寫，但是如果小學、中學階段的學習過程中，有影響深遠或意義重大的人、事、物，則應該設法在此技巧性地表達出來。

　　除了課業上的表現以外，學生階段的社團生活、辦理活動的經驗、課餘擔任工讀生的收穫等等，亦可作為求學經歷書寫的重點。

㈢工作經歷

　　工作經歷的陳述，對於求職自傳而言較為重要。剛從學校要邁入社會的畢業生，可能無法有專職的工作經驗，但參與籌辦社團活動、兼任校內外工讀，亦可是工作經歷的一種，建議求學階段應該有計畫地累積相關經驗，以免在面對自傳時苦於不知如何下筆，或者寫來有令人乏味空泛之感。

　　對於已有實務工作要再轉換跑道者來說，前一工作階段的職務內容、亮眼成果、人際關係、離職原因等是應該陳述的幾個要項，值得注意的是離職原因，由於「個人生涯規劃」、「配合家人遷移居所」而必須更換工作，是常見且安全的寫法，但建議可以將生涯規劃、遷居搬家等事由，再多用兩三句話具體寫明，展現自我誠懇實在的一面。

㈣專長興趣

　　個人的專長能力，可以從考取專業證照、參加職業訓練、競賽獲獎成果、實務工作表現、師友長官評價等處多加發揮。其中，實務工作表現及競賽獲獎成果，是最具說服力的加分項目。

　　個人興趣與專長不同，專長必須強調與專業能力相互結合，興趣則應該是某種或者數種休閒的消遣，例如攝影、繪畫、下棋、品茗、園藝、運動（登山、游泳、騎單車或各式球類運動）、聽音樂、看電影、觀看體育競賽等等，正當的個人興趣可以展現積極正面的人格特質，例如團體活動必定需要能通力合作的參與者，公司的良性發展也必須依靠工作團隊的相互支援，若能夠適當地將自己的日常興趣與工作屬性結合，也是一項能突顯自己與眾不同的優勢。

㈤對於應徵單位／報考學校的認識與期待

　　在自傳中書寫對於應徵單位或報考學校的認識與期待，可以呈現我們在應徵職缺或報考學校前的用心。從徵人單位的角度來說，這方面的陳述內容可以知道應徵者是否已為工作做好心理準備；對招考學校而言，這方面的陳述內容則有助於招生委員選擇具有研究潛力的考生。

㈥生涯展望

　　生涯展望的內容，係求職者或考生根據自我能力的認知，放眼職涯生活或研究方向的規劃。求職者必須展現一定程度的事業企圖心，方可讓徵人單位對於求職者在工作上的表現有所期待；考生若能清楚地說出自己將來意欲投入的研究領域，招生委員也能從考生對於學術研究的熱情，擇優錄取。要提醒的是，生涯展望乃一種關於未來人生的夢想藍圖，書寫時應該以求職者或考生目前所具備的現實條件為基礎，切忌漫無邊際地誇大其辭。

三、自傳的形式

　　如前所述，自傳要書寫者概有1.個人家庭背景、2.求學歷程、3.工作經歷、4.專長興趣、5.對於應徵單位／報考學校的認識與期待、6.生涯展望等6個項目，但是若直接以其作為自傳中的標題，不免過於生硬死板，建議在書寫時可以依照內容擬定合適、生動的標題。例如，若是從小生活距離熱鬧都會較遠的地區，可以將「個人家庭背景」擬為「來自田庄，樸實家庭」；個人的「求學經歷」，可以用「敦品勵行，勤學自律」表示；「工作經歷」可以擬為「認真積極，負責可靠」，表現認真的工作態度；與其以「專長興趣」為標題，不如擬為「善用網路，不斷探索」；「對於應徵單位／報考學校的認識與期待」的內容，可以改用「攜手並進，共創未來」；「生涯展望」則可以改用「築夢踏實，永續經營」來表現。

內容項目	標題試擬
1.個人家庭背景	1.來自田庄，樸實家庭
2.求學歷程	2.敦品勵行，勤學自律
3.工作經歷	3.認真積極，負責可靠
4.專長興趣	4.善用網路，不斷探索
5.對於應徵單位／報考學校的認識與期待	5.攜手並進，共創未來
6.生涯展望	6.築夢踏實，永續經營

　　試擬的原則，在於根據各書寫項目的實際內容，提煉出一個具有代表性的敘述文字作為標題。上舉標題是在欠缺內容下的模擬而已，真正書寫時建議應該先有各項（1.個人家庭背景、2.求學歷程、3.工作經歷、4.專長興趣、5.對於應徵單位／報考學校的認識與期待、6.生涯展望）內容文字，再轉換成與其可以相互呼應的標題。在看似千篇一律的應徵／報考者的自傳中，如何打造一篇有個人特色的自傳，關鍵正在於自傳中的標題能否令人耳目一新。

　　前舉各項目也並非每個項目皆要書寫不可，可以依照個別情形斟酌調整，盡量突出自己的優點，不容易發揮者輕描淡寫或者略過亦無妨。盡量顯揚個人的長處，才能透過自傳達到推銷自我的目標。

四、自傳舉隅

㈠求職用自傳（應徵教師）範例

自　傳

一、家庭背景及求學歷程

　　我生長在一個平凡而健全的家庭，家中有父母及兩位兄長。家裡的經濟並不寬裕，父母以經營小本生意維持一家生活用度。為了要減輕家裡的經濟負擔，所以從高中便開始打工，上大學之後，靠著各種

的工讀和獎學金完成學業。

　　各種工讀的歷程，使我得到很多寶貴的經驗和成長。從事服務業的工作，使我學習到如何與顧客應對，了解顧客需求而提供服務；訪問員的工作，讓我學到訪談的技巧。和同事之間的溝通協調，則是完成團隊工作不可或缺的要素。在面對工作上的困難與挫折時，適當地調適自己的想法與情緒，也是一門重要的學問。這些工作對我開拓個人視野、提升人際溝通能力、培養團隊合作精神及增加生活歷練上，都有不少助益。

　　課業和工讀雖然佔去了不少時間，但是在能夠提升自我成長和累積經驗的社團活動上，我也沒有缺席。大學期間，我參與系上學會的工作，並負責編輯系上刊物，也協助參與系上舉辦的學術研討會，擔任畢業生工作委員會委員，並編輯畢業紀念冊。

　　大學畢業後，到國中擔任實習教師，除了一般行政、教學、導師實習外，並且負責編輯校內每週發行一次的刊物《土城週報》；擔任校刊《土城青年》副主編；帶領建教合作班同學進行校外實習；擔任社團「電影社」指導老師；也運用資訊能力參與建置國文科的教學網頁，其成果目前仍可見於土城國中的網頁的「學習加油站」中。

　　不論是打工性質的工作，或是各種社團、系上的事務，都讓我學到許多做人做事的道理，得到很多寶貴的經驗，使我培養了良好的溝通協調能力，養成了認真負責的工作態度，且樂於接受工作的挑戰，這些實際的體驗都是書本上學不到的。

二、對大安高工的認識

　　大安高工辦學教育目標中，除了職業教育的知識技能、工作能力的培養以外，特別提出「提升人文及科技素養，豐富生活內涵，並增進創造思考及適應社會變遷之能力」的理念，正可彌補現階段社會偏向科技，忽略人文的偏差現象。雖然我中學時代就讀中山女中，但我也知道大安高工是技職教育體系中聲名卓越的一所學校。直到後來研

讀教育專業的課程時，更瞭解技職教育體系培養的人才，乃是支撐臺灣社會整體經濟發展最重要的磐石，而大安高工提倡科技與人文兼修，提供學生全方位的課程安排，希望能培養技術好、人品佳，造就技術與知識皆具，氣質與潛力兼備的新世紀科技人，相信是所有技職教育學生都嚮往的學習環境。

三、教育理念

「教育」，是一個帶給人希望的工作！也是我想要畢生從事的志業。期望能帶給學生學習與成長，開發學生潛能，使他們能學得「帶著走的能力」，實際應用所學。重視學生品格的陶冶和生涯發展的規劃，給予個別的輔導，協助學生依其能力興趣，得到最好的發展。

　　這是一篇實際應徵臺北市大安高工教師的自傳。一般自傳的篇幅建議在1,000至1,500字之間，這篇自傳字數約為1,071字。整體而言，行文簡潔明快是其予人的第一印象。主要分為三個小節，在敘述自己的家庭背景、求學經歷後，隨即陳述應徵者對於徵聘學校的認識，最後結束於教育理念的闡述。書寫者花了較多篇幅說明求學歷程中工作狀況，特別例舉在國中教學現場實習時所累積的具體成果，皆有可供檢驗的實務成績，是頗有說服力的例證，從應徵教學工作方面來說，可以有加分的效果。在對於徵聘學校認識的敘述段落，也能緊扣技職教育的屬性進行適當的說明。

　　不過，這篇自傳仍有可以再調整之處，首先，各小節的標題明顯未見設計，「家庭背景及求學歷程」或可調整為「平凡家庭，樂在工作的我」；「對大安高工的認識」或可調整為「科技人文，雙軌學習的大安高工」；「教育理念」或可調整為「重視品格，適性揚才的教育理念」。其次，這篇自傳的結構也有頭重腳輕的問題，「家庭背景及求學歷程」比例太高，「教育理念」比例太短，應再適當調配篇幅。

㈡求職用自傳（應徵實習）範例

自　傳

　　我是○○○，出生於○○市○○區這個半是田野半是都市的袖珍小鎮，既喜歡自然科學，也對人文藝術有所愛好。父母親於同一間吊扇公司服務。我還有一個哥哥，畢業於○○○○大學，現正服役中。由於父母親經常忙碌於工作，故我從小便學會獨立自主。儘管如此，父母親對我們的教育卻無絲毫懈怠，秉持著客家人互助合作、堅忍不拔的精神教導我們，在這樣的家庭長大，養成我不怕吃苦、合群的個性。

　　我畢業於○○高工化工科，曾參加過全國專題競賽「101年度全國高職學生實務專題製作競賽暨成果展」和「第52屆全國中小學科學展覽會」，開啟我對應用科學的無窮興趣，並且培養我團隊合作的精神。此外，透過「第10屆全國高中職智慧鐵人創意競賽」的經驗，讓我知道自己在團體中最適合擔任各成員間溝通的橋樑，並且學習到如何跳脫日常思維，獲得創新想法，也因此發現原來學習與驗證可以透過這麼多樣化的方式展現。我經常思考問題並分析問題的核心，以求能獲得問題背後的答案，我總是秉持著科學精神，有一分證據說一分話，再加上善於協調整合，所以我在大一、大二許多課程的分組報告中，屢次擔任組長，以統合所有資訊，得出結論。

　　雲科大文資系諸多課程的訓練，不僅深化了我的思辨能力，更讓我學習到如何吸引人們興趣的方法，尤其是在「文化資產導論」這門課中，被老師「強迫」每週固定以活潑生動的方式向全班進行簡報，讓我獲益良多；在「寶石學」這門課中，老師除了給我們觀察實體，還以問答的方式激發同學的興趣，使我發現「礦物」的奧祕原來如此吸引自己。

　　我自幼就很喜歡觀察大自然，在學校裡，「科學」是我最感興趣的科目之一。在小六某次與科博館的邂逅之後，更讓我從此對科學教

育著迷。科博館內的展示對我來說就像走入科幻小說的場景一般，看著神祕的演化和人體的奧妙，自此我便愛上了科博館，若非離家太遠，還真希望每天都能去參觀。

　　我十分喜歡動手實作，因為我認為理論若能結合實務，必定可以對社會帶來更多幫助。此外，動手實作也能提高學習自主性、積極性。我相信以我對自然科學的愛好，以及敬業樂群、善於溝通的認真態度與負責個性，可以讓我在貴館「科學教育組：自然學友之家」實習時，無論面對各種困難都能迎刃而解。我期許暑假兩個月的實習期間，學到如何設計教學活動、與觀眾互動的技巧，以及更多科學專業新知，同時點燃參訪民眾對科學的熱情，相信在實習結束後會有許多收穫，使我自己的生命能夠更加成長。

　　這是一篇實際應徵臺中市國立自然科學博物館暑假實習的自傳，字數約972字。內容大致可分為家庭背景（第一段）、學習經歷（第二、三段）、實習動機（第四段）、實習期許（第五段）。整體而言，文字敘述堪稱流暢，文章思路亦屬清晰。可惜的是，書寫者未能針對各段落內容設計一個引人注目的標題，例如，若能用「堅毅合群的客家子弟」（家庭背景）、「創新多元的思辨能力」（學習經歷）、「喜愛科學的濃厚興趣」（實習動機）、「專業熱情的實習期許」（實習期待），當更能讓這篇自傳產生畫龍點睛的效果。

㈢升學用自傳（報考研究所）範例

自　傳

一、努力不懈‧所學致用

　　由於高職設計群的背景，時常接觸藝術、文化、史料相關的資訊，加上自身對手工藝、實作的興趣，因而自我期許能朝親自參與

維護珍貴資產的目標前進。立下志願後，靠著自己努力不懈的精神，終於順利考上第一志願雲科大文化資產維護系。踏入此領域，在必修課程文化資產導論、社會學、人類學、科學研究方法等理論價值的培養之外，體認到實務經驗累積甚是重要，因此也透過活動的舉辦及規劃、選修課程，或是利用課餘時間的觀摩參與，來加強自身在實務上的操作及經驗。

二、認真負責．從做中學

　　在學校圖書館工讀的這兩年，雖然自己過去沒有圖書館相關工作經驗，但在積極利用課餘及空閒時間的努力實習之下，對於流通櫃檯之工作內容及行政上作業的流程，包括資料的處理及歸檔都能駕輕就熟，且對於圖書內部管理以及圖書破損修護作業也有一定的瞭解。這份工作經驗最大的學習收穫為與上司之間的溝通與互動，以及面對突發狀況臨機應變的處理能力。

101年9月開始，擔任雲科大漢學應用研究所老師的研究計畫兼任助理，協助研究資料的彙編與整理，此份工讀使我學習了更豐富的知識，並且瞭解到在現今資訊快速傳播之下，透過網路的連結，文書檔案也可以靠數位媒體來傳播，提供更多元的管道來發揮其最大價值。

　　在大三下開始擔任老師撰寫○○鎮志的○○篇助理，協助籌備了四場的耆老座談會，並負責美術編輯及書面資料統整，也跟隨老師進行訪談資料的蒐集及彙整，此經驗使我有更多元的見聞，及面對任何事物，都要盡全力去完成、負責任的態度。

三、珍視之物．細心維護

　　文化資產為歷史與文明的累積，可由此來見證一個社會脈絡的發展及根源，因此維護其價值並發揚，為身為一個公民的義務與責任。踏入文化資產維護的領域中，透過課程上的修習，包括對多元文化的認知及社會議題的關注，也由歷史的書寫、紀錄中引以為鑑，有助於了解社會發展之脈絡及文化資產的保存維護。

　　為加強自身對文化資產維護在臺灣的發展情形，自己利用寒暑假期間，至國家發展委員會檔案管理局及國立臺灣圖書館實習，透過這些寶貴的經驗，將所學的知識應用至實作方面，理論與實務的整合，並對於檔案修復、典藏的流程有更深入的了解，以及最重要的是使我立定朝此專業更進一步的求知探索。

　　這是一篇實際報考某國立大學圖書資訊學相關研究所（碩士班）的自傳，字數約905字。內容大致為學習背景（努力不懈‧所學致用）、求學經歷（認真負責‧從做中學）、報考動機及研究願景（珍視之物‧細心維護），書寫者雖未從家庭背景開始寫起，但通篇各段所述皆能言之有物、掌握重點，尤其能為各段落設計適當的標題，讓人感受到其特有的個人風格。在求學經歷的段落，除了實習、工讀所獲致的工作能力，也巧妙點出自身如何開拓學術視野的契機。在報考動機及研究願景段落，則以理論與實務整合為結，使招生委員一看可知考生具備豐厚的研究潛力。

練習題

1. 請以求職或升學為目標，自行設計一張履歷表，並簡要說明該張履歷表內欄位設計的想法。

2. 請以求職或升學為目標，撰寫一篇自傳。

第三章
廣告文案

張美娟

壹、概述

一、廣告的意義

　　「廣告」，就字面來看，就是「廣為告訴」，即普遍告知之意。在現代化的社會中，一個企業在營銷它的商品過程中，若不透過傳播媒體，如：網路、電視、廣播、報紙、雜誌、DM、交通運輸工具、跑馬字幕……等，向社會上消費大眾傳播其商品訊息，便很難達成其商品銷售出去的目的。

　　通常來說，廣告都有其特定的廣告主，廣告需明確告知企業廣告主或是它的商品名稱。這廣告主經由一種付費給廣告代理商方式，請廣告代理商透過各種媒體方式，傳遞、銷售產品相關訊息。廣告代理商銷售、販賣的，不只是有形的產品，也可以在這當中販售一種觀念或視野。除了達到販賣產品的目的外，也可藉此教育消費者。

　　可以說，我們就活在廣告世界中。日常生活所見，盡是花樣百出的廣告。藉由廣告，我們也才能在購買過程中，多了許多選擇消費產品的機會。

二、廣告的種類

　　依照廣告目的不同，廣告的種類可分成以下幾種：

㈠形象廣告

　　廣告一種形象或品牌、風格。為了讓該廣告主能在消費者心中留下正面而美好形象，讓人對廣告主公司或企業的產品，產生一種信任感。廣

代理商往往會運用形象廣告，為該企業公司塑造一種風格，以與其他類似產品的公司相區隔。如經營規模較大的航空公司、金控集團、政府機關或民間政黨團體等，都可看到刊登此類型廣告，以訴求形象。

㈡產品廣告

市面最常見的，就是介紹一種產品的產品廣告。往往在新產品上市或產品改裝、改良後，便會做介紹性質的產品廣告。以在短時間內，建立起產品在市面上的知名度，並增加消費者的購買意願。例如：銀行推出新的白金卡、春節年飯預購產品等產品。總之，各家知名企業公司在推出新產品時，可經常看到新的產品廣告推出。

㈢促銷廣告

人們往往有以最實惠價格，買到最有價值產品的心理。為因應這樣的心理需求，廣告主常會辦理一種促銷活動，用降價打折或贈送其他產品方式，來增加消費者購買慾。廣告上往往會標明促銷活動時間、方式。例如：抽獎活動、百貨公司週年慶促銷大打折、母親節時期優惠、免費取得試用品等，均是常見的促銷廣告。

㈣公益廣告

公益廣告來自於非關商業利益，而是為了傳達一種關懷別人的公益活動。公益廣告就是在廣告這樣的公益活動，以傳遞與全民福利有關的訊息、生活方式或觀念等。例如戒菸、反毒、子宮頸癌或乳癌預防健檢等。

㈤事件廣告

廣告或行銷一個事件，稱為事件廣告。往往利用遊行或舉辦活動等方式，來廣告一個事件。這樣的事件廣告，往往可創造新聞的話題性，讓人了解該事件的意義與目的。例如新聞雜誌上，常刊登某個藝文活動或演唱會的舉辦，來達到宣傳某一事件的效果。

三、廣告傳播的方式與種類

廣告會依其傳播媒介的不同，而大約可分為以下幾種類型：

㈠印刷物廣告傳播的方式

運用印刷物，如傳單、報紙、雜誌、日月曆及包裝紙等方式，進行廣告傳播。其好處在於印刷量大，可深入全國各階層、各地方，且廣告費較為便宜。

㈡影視廣電廣告傳播的方式

運用電視傳播媒體作為廣告工具媒介，可使廣告內容遍及每一家庭，廣告效果相當不錯，但廣告花費相當高。至於電臺廣播方式，效果也不可小看，同時費用遠較電視廣告方式便宜。

㈢網路廣告傳播的方式

目前由於網路使用人口增加的極為快速，尤其在手機也能上網後，網路變成了廣告傳播的新興重要媒介。瀏覽率極高的網路媒體，變成了廣告商爭取廣告的必爭之地。此一廣告傳播方式，未來可預見的，將是有增無減的廣告量。

㈣日用品廣告傳播的方式

有些廣告商會將其所想廣告的商品或事件，印製在面紙、茶杯、手提袋上。如此，在無形中，亦會有廣告效用出現。

㈤交通工具廣告傳播的方式

運用公共汽車、火車或計程車等交通工具的流動性質，將廣告張貼其上，以達到到處傳播、以廣為人知的效果。

㈥ 公共場所廣告傳播的方式

運用人群往來頻繁密集的公共場所，例如捷運、火車站、機場、運動場、遊樂場、風景區等製作大型廣告看板，引人注目，以達「收視」效果良好。

㈦ 流動廣告傳播的方式

常見有人在街道上，手持廣告看板，或是將廣告看板裝置在車上沿街廣播，此亦為吸引顧客注意的方式之一。

㈧其他廣告傳播的方式

如前所述的，有人利用抽獎或事件遊行等方式，來吸引人注意，以作為廣告。

四、廣告文案的意義與注意事項

㈠ 廣告文案的意義

所謂的「廣告文案」乃是指，廣告上的語言文字設計。通常是先有廣告文案，才有廣告的出現。也就是，先為廣告草擬符合該廣告整體風格的語言文字，然後才配上色彩、圖像或聲音、動作等，以形成靜態或動態形式的廣告。如吾人平時所看到的，無論是靜態的、平面的雜誌、報紙或海報等廣告媒體，或是動態的電視或網路的聲音旁白，通常都是先有語言文字所設計的廣告文案，才有這些廣告出現。

可以說，廣告文案與廣告風格的呈現，關係至為密切。配合文案內容，進行拍攝或設計廣告，廣告效益才能發揮出來。由此觀之，廣告文案在整個廣告形成過程中，扮演著相當重要的角色。

㈡廣告文案的注意事項

1. 忠實性

雖然廣告可以說是產品的化妝師。但是，忠實地呈現廣告所要宣傳的

產品，打破消費者認為廣告均是誇大不實的印象，是文案設計很重要的原則。一旦廣告的忠實性被搓破，廣告文案設計再動人，均是無法挽回消費者對該產品的信心的。

2. 掌握廣告所訴求的特定消費族群

每個廣告所要宣傳的產品，都有它預設鎖定的消費者族群。這些消費者族群的年齡、教育程度、居住地是在國內的南部或北部，均會影響文案的語言文字設計。廣告文案設計者必須掌握這些特定對象的生活模式、習慣與思維等，才能設計出符合這些族群風格的廣告。

3. 充分掌握產品的特色

廣告文案設計者必須充分掌握產品的特色，並在文案內容鮮明地突顯出來，以做為該產品廣告的最佳賣點。

4. 原創性

如前所述的，所謂「廣告文案」乃是指，廣告上的語言文字設計。而每一個文案設計，均是一個獨特作品呈現，需在語言文字上多做琢磨，並在對消費者生活或心理有充分掌握下，創造出獨一無二的廣告文案。原創性極佳的廣告文案，往往會因語言文字的突出，而帶動廣告的引人注目，促成產品的大量銷售。

五、廣告文案的結構

如前所述的，動態的電視或網路的廣告聲音，無論是獨白或對話，其在傳送之前，均先有廣告文案的設計。文案的表現方法，也相當多元。儘管廣告文案表現日新月異，但其語言文字設計上，仍有結構、模式可尋。本文將介紹最基本的廣告文案結構，以作為初學者之參考。

最基本的廣告文案結構，是由以下五大項要素所形成：

(一)主標題；(二)副標題；(三)內文；(四)標語；(五)醒題

(一)主標題

就像電視新聞的新聞標題，會吸引人是否願意收看一樣，廣告文案的主標題，也擔負著吸引人注意，並願意續讀內文的重責大任。可以說，主

標題就是整個文案的核心靈魂。

作為廣告創意發揮場的標題，必須別具慧思地，使用可感動人心的文字，引起消費者對廣告注意的興趣。這樣的標題文字，可以想像地，字數不能太多，需要簡明扼要，醒目易懂。雖然力求平實，卻需能在最短時間內，吸引消費者注意，並在腦海留下深刻印記。由此看來，創新的文字想像力，是廣告文案設計標題時，需具備的軟實力。

廣告的「標題」又稱為「主標題」，這是為了區分「副標題」而有的名詞。「主標題」的設計，一般而言，可分為以下幾項：

1. 直接性標題

顧名思義，「直接性標題」就是直接將要銷售的產品的特點或用處，在標題中，直接顯示出來。例如「感冒 用斯斯」、「小美冰淇淋 小美冰淇淋 營養豐富味道好」。

2. 間接性標題

如前文所提到的，「標題」擔負著吸引人注意，並願意續讀內文的重責大任。因此，廣告「直接性標題」用久了，消費者往往便無法產生閱讀下文的新鮮感。所以，很多廣告標題，都不採用「直接性標題」，而是用盡出奇的想像力，在標題上，以創意手法，設計一些引人好奇的文字，引導消費者續讀內容。而這種不直接將產品表明的標題，就叫做「間接性標題」。例如有專賣資訊產品的公司，要在夏季進行特賣，就將廣告標題訂為「遇見夏天SUMMER」。又有汽車公司的小型運動休旅車全新上市，廣告標題訂為「超之在我」。

(二)副標題

前文有提到，為了區分「副標題」，廣告的「標題」又稱為「主標題」。這是相對而言。如果沒有「副標題」，「主標題」便可回歸稱為「標題」。

換句話說，「副標題」的存在，不是必然性的。不過，「副標題」卻有輔助、加強人了解「主標題」內容，並導引人進入「內文」部分的作用。

　　一般而言，如果「主標題」採取「直接性標題」用法，那麼「副標題」可以運用一些較長的、或排比之類的句子，來形容、加強「直接性標題」要直接表達的產品特點或用處。

　　例如，SAMSUNG手機廣告標題，名為「Galaxy J6｜J4，J超能拍，拍得超玩美」，「副標題」就訂為「J超大螢幕，J超能拍，J超智慧」來形容兩款手機的特點與用處。又例如，勞動部勞工保險局邀請「豆花妹」蔡黃汝代言，廣告標題名為「國民年金儲備能量，給您不斷電的未來」。「副標題」就訂為「1.國保一次性給付：生育給付、喪葬給付2.國保年金型保障：老人年金、遺屬年金、身心障礙年金」；又如，臺鐵貨運服務所的廣告「主標題」，為「臺鐵軌道新經濟，打造行旅新記憶」，副標題為「臺鐵除提供您搭車需求外，更提供多元資產出租服務」。

　　而如果「主標題」採取「間接性標題」用法，那麼「副標題」便擔負起詮釋、說明「主標題」究竟在訴求甚麼產品的功能。換句話說，在「間接性標題」上，用盡出奇豐富的想像力後，一定要在「副標題」上，以明確、實在的文字，來說明產品的訴求、性能及特色，讓人清楚了解到，廣告究竟在告訴甚麼。切記，「副標題」」不能與廣告「主標題」一樣，均在進行無窮想像力的發揮，「主標題」想像力的天馬行空，一定要在「副標題」設計之際，懸崖勒馬，及時回歸廣告的目的。否則，將失去廣告文案設計的主要目的。

　　例如，格蘭英語廣告「主標題」為「2018夏天 我們不見不散」，「副標題」」就訂為「2018 格蘭樂學營—轉動大腦‧扭動手腳‧放下書包‧一起遊趣」。又如，張國周強胃散公車平面廣告，其「主標題」為「強胃‧顧好胃」，「副標題」就訂為「張國周 強胃散」。又如，教育部為宣傳公費留學及各項獎學金，其廣告將「主標題」訂為「留學不是夢 獎金這裡找」，「副標題」訂為「政府提供各項獎學金 ，幫助青年學子邁向學術更高境界」。

㈢內文

　　前文所說的「副標題」，文字字數通常較「主標題」長。而「內文」

的字數，又比「副標題」長。可以說，「內文」乃是廣告文案當中，文字字數最多的部分。原因是：其要將產品的規格、優點、價格、效用及販賣產品的店家及住址，清楚地標註出來。

如果說，「主標題」採取「間接性標題」用法，「副標題」需詮釋、說明「主標題」所欲販賣的產品功能。那麼，「內文」形同擴大版的「副標題」。一般來說，「內文」因為文字字數多，相對來說，較無法吸引消費者的注意。因此，為讓消費者仍保持原來讀標題的注意力，「內文」部分的寫作，可從以下幾點著手：

1. 扣緊主標題與副標題所訴求的廣告目的，善用小標題，突顯重點。

為方便消費者閱讀，文字字數最多的「內文」部分，可扣緊廣告主標題與副標題所訴求的主軸目的，用條列式來敘述。而每一條列文句最前面，運用小標題，來突顯該段之重點。例如前文提到的臺鐵貨運服務所廣告，其內文為「(1)停車場、土地出租；(2)列車廣告、車站廣告出租；(3)車站商場經營；(4)一般房屋、辦公室、倉庫出租」。

2. 廣告媒介、消費族群不同，「內文」便有不同的語言文字呈現。

即使文字字數最多的「內文」部分，也有文案設計者因重點不在詳細介紹產品內容，而將「內文」部分全部省去不寫的情形。另外，廣告媒介的不同，也會影響「內文」部分的設計呈現。例如，在平面媒體上，可撰寫「內文」的版面較大。但是電訊媒體因有時間限制，就只能以精簡為主。

再者，如果產品訴求的消費族群，屬於一般大眾。語言呈現上，就以簡明易懂為主，可採用大眾皆知的諺語、俚語。例如專賣幼兒羊奶粉的易而善，廣告「內文」有句「樹頭若站乎在，不怕樹尾做風颱」。如果是講究生活精緻品味的消費族群，「內文」部分甚至可運用一些文學創作手法或用語，來突顯廣告所欲推銷的產品的優雅性。例如，臺鐵為推廣集集地方的精緻旅遊，就將廣告「主標題」名為「集集車站」。而「內文」則採用文學手法，寫成「重溫古樸的記憶，久違了我的簡單與美好」。又如，

臺鐵的頭城車站廣告，主標題名為「頭城車站」，而「內文」則同樣採用文學手法，寫成「開蘭第一城，清水紅磚，老街小橋相映成趣」。

3. 採用名人推薦式

誠如前文所提到的，「內文」的部分因為文字字數多，相對來說，較無法吸引消費者的注意。因此，有些廣告設計者，直接找來能吸引人目光的名人，來進行產品的推薦。

例如，前文提到勞動部勞工保險局邀請「豆花妹」蔡黃汝代言，其代言所說的話，就是「內文」。「內文」為「年滿25歲、未滿65歲的你，在沒有勞保、農保、公教或軍保保險。國民年金提供多項保障，支持您放心追夢想，未來不斷電！」至於保養品廣告，則喜歡找知名女星代言。例如SK-II品牌找過的知名女星代言人，有湯唯、舒淇、徐熙媛等。保健食品亦常見知名藝人為之進行代言。例如維骨力產品找來吳念真為其代言。但需注意的是，廣告涉及商品買賣行為，所以當採用名人推薦式，作為廣告內容推銷時，需留意廣告設計的畫面與文字，有無觸犯法律之可能性。

4. 對話情境式

在電視或廣播廣告中，常見藉由兩人或多人對話，帶出購買廣告商品的必要性，及購買後所帶來的便利性。例如桂格奶粉廣告，藉由藝人白冰冰與多人的對話，點出該產品使用後所帶來的好處。這對話類型廣告，在平面廣告中，亦常見以Q&A方式來呈現。例如人壽保險多使用這類型廣告。

但需留意的是，雖然在廣告文案中，在文字字數最多的「內文」部分，以Q&A來解除消費者對產品的好奇與疑惑。但在文字設計上，仍需簡潔有力。因為，廣告必須在最短時間，用最精簡語言文字，在消費者心中留下最深刻的印象，才算是好的廣告文案設計。

另外，有些廣告「內文」，是以「漫畫」來進行表達，尤其是兒童商品的廣告，會採用風格誇張逗趣的漫畫，來吸引孩童注意。例如，知名零食「乖乖」在「動腦40週年‧全球經典廣告回顧」的平面廣告中，便以一位戴著藍色帽子，笑容燦爛的露出兩顆門牙的小男孩的「乖乖」標誌漫畫人物為廣告代言。還有，政府或是相關單位的宣傳片廣告，也常以卡通或

動畫來表現。例如，銀行公會以櫻桃小丸子廣告，來宣傳理財的重要性。又如，故宮藉由動畫「國寶星遊記」、「國寶神獸闖天關」，來推廣人文藝術。

5. 新聞報導式

人性心理本就有聽聞新消息的需求欲望。抓住這樣的人類心理，有些廣告便故意將廣告，設計成「新聞報導式」。在「內文」部分，用較長篇幅的文字，來介紹商品特點、或特賣活動內容、時間、地點及參加條件、獎勵辦法等。大抵而言，在廣告文案中，「內文」部分採「新聞報導式」，可分成以下兩大類型：

(1)報導型

在報紙上，常可見編排形式與新聞相同的「新聞報導式」類型廣告。這會讓閱讀者以為是新聞，而吸收閱讀廣告內容的。

(2)事件型

有些廣告會援引近年發生的新聞事件，作為廣告文案的「內文」。也就是，將新聞事件與廣告推銷產品的目的或主張相結合，吸引消費者注意。例如，臍帶血廣告有時會援引近年骨髓移植成功案例的新聞，作為出生嬰兒臍帶血存放臍帶血銀行重要性的說明。

6. 不同品牌的產品比較式

為突顯自己產品的特點，有些廣告文案的「內文」部分，會利用與「不同品牌」的產品，進行比較的方式，方便消費者一看完廣告的比較，便能輕易地了解該廣告商品的特點。

這裡所謂「不同品牌」，有時特指某一家長期以來一直競爭的品牌；有時則泛指在市場上各家品牌常見或共通的毛病、缺點。無論是前者或後者，廣告所列出的競爭廠牌與自身產品的優劣，都必須有事實根據，而且所列出的特點內容，是消費者向來就關心的。

當然，在相同基礎上比較優劣時，要盡量淡化自家產品的缺點，特別突顯自己的優點，且能列出的優點越多越好。這樣的廣告文案設計，尤其適合在同類競爭產品太多，而自家商品具有獨特優點之時。例如以前曾有支知名的廣告，將黑布蓋住「不同品牌」的抽取式衛生紙，當其他家都抽

完，該廣告所推銷的衛生紙產品仍可繼續抽取。這便鮮明地告訴消費者，該產品衛生紙的優點在何處。

㈣標語

1. 標語的意義

原本運用在政治上的口號標語，乃是藉由不斷地讀誦唸記，到處張貼，而加深人們對該標語內容的印象，將之潛入腦海中，最後被眾人的意識所接受。

後來，廣告主往往會希望在其產品名字中或產品公司名字旁，運用最精簡詞句，來說明商品的特性，或公司正面形象，使消費者看完、聽完廣告，就將商品與該商品公司串連起來，從而對該公司有著良好印象。

一般來說，這種採用易唸易記的短句或對句，來宣傳產品特性，或表達該企業創辦理念的言詞，就叫「標語」。這樣的「標語」，會在大眾媒體上，經常出現，進而成為該產品或企業公司的代表性語言標誌。

「標語」的訂定，需考慮在語音、語調或語意、語言上，是否能達到產品企業公司的要求。研擬之時，需注意到用字措辭是否簡潔有力，最好能富於韻律，以易記易唸。最後，能達到宣傳產品特質及企業經營理念的效果。

「標語」，在版面設計上，可替代「標題」，將之安排於版面較顯要的位置。不過，一般來說，「標語」最常置放的位置，仍是商品名稱、商標或是企業公司名稱的旁邊。除非，作成「標題」使用，否則「標語」的字體，通常較「內文」或企業名稱的字體小。

2. 「標語」的種類

關於「標語」的種類，大致來說，可依照廣告訂定「標語」的目的，而概分為以下幾種類型：

⑴經營理念型

「經營理念型」的「標語」是指，藉著不斷出現在廣告媒體的廣告「標語」，向消費者傳達該商品企業公司的經營理念，以在消費者心中，建立起良好的形象。例如，中國人壽的「We Share We Link」；南山人壽

的「南得好靠山。」

(2)品質型

「品質型」的「標語」是指，利用廣告「標語」強調產品的優質性，以在消費者腦海中，留下深刻印象，形成對該商品品質良好的觀感。例如，嘉南羊乳的「鮮羊奶的故鄉」。例如，華碩電腦的「華碩品質，堅若磐石。」

(3)服務型

「服務型」的「標語」是指，利用廣告「標語」強調該企業公司整體服務的誠心，或是強調其服務內容與方式有哪些。例如小北百貨的「服務第一，客戶至上」；麥當勞的「麥當勞都是為你！」全家便利商店的「全家就是你家」。

(4)保證型

「保證型」的「標語」是指，利用廣告「標語」強調該企業公司對該產品的使用品質，給予消費者最安心的保證，甚至會出現提出承諾的廣告「標語」。例如屈臣氏曾以「我敢發誓　屈臣氏最便宜」廣告詞吸引人目光。

(5)引誘型

「引誘型」的「標語」是指，利用文字誘導的方式，所寫成的廣告「標語」，引誘消費者購買的興趣，以達成銷售的目的。常見之引誘性「標語」，如「秋冬換季大減價」。再者，感性「標語」如港鐵（迪士尼線）的「奇妙之旅，由這裡開始。」

(6)關愛型

「關愛型」的「標語」是指，運用關懷性字句，所寫成的廣告「標語」，來表達該產品企業對於人類、萬物或全世界的關心。如全國電子的「足感心」；臺灣捐血廣告的「我不認識你，但是我謝謝你。」又如，新萬仁化學製藥公司的「新萬仁　關心千萬人」；蠻牛提神飲料的「你累了嗎？」

(7)宣傳型

「宣傳型」的「標語」是指，透過「標語」，希望消費者能對產品品

質的好，廣為宣傳。例如海尼根啤酒的「就是要海尼根！」又如Levi's牛仔褲的「給我Levi's，其餘免談！」

(8)期許型

「期許型」的「標語」是指，透過期許字眼的「標語」，達到產品公司乃至公司所有成員，自我期許的效果。例如信義房屋「信任，帶來新幸福。」

(9)格言型

「格言型」的「標語」是指，引用古代或世界級大師的佳言名句，或者自行書寫一段對生活的感受，以能引發消費者共通感，而與該產品無形中建立起感情，例如富蘭克林坦伯頓基金引用西洋諺語「睡覺的狐狸沒飯吃」；飲冰室茶集廣告的「我的心裡住著一位詩人。」

(10)警語型

「警語型」的「標語」是指，有些廣告除了有自己產品的標語外，另外會因道德或法律因素，加上警惕式的標語，以引起消費者注意。例如有蟑螂屋產品的廣告，有「採用天然誘餌 誘引力強 安全無毒」之標語：又基金投資的廣告，最後都會加上「投資一定有風險，基金投資有賺有賠，申購前應詳閱公開說明書」之警語。

(11)政治型

「政治型」的「標語」是指，政府的廣告常為了宣傳或闡明自己的政治理念，而運用「標語」，來達及效果與目的。例如臺灣早期的「保密防諜，人人有責。」

㈤**醒題**

所謂的「醒題」，是運用特殊標識的形式，將廣告最後想強調、呼籲或提醒的字眼表現出來。例如運用重點符號，告知消費者「限時搶購 要買要快」。又如在廣播上的食品廣告，會在最後大聲提醒在幾月底購買，會有「特惠優待」。這樣特別強調、提醒的訊息，均可稱為「醒題」。其目的在於，希望運用加強性的聲調或字眼，讓消費者將知道化成行動，促進產品的銷售。而這樣的「醒題」，需在有「限時」、「限量」等，特殊

針對性的時候才出現，出現頻率不宜太過多次。以上的「標語」、「醒題」用字，均必須做到簡潔、有力。尤其「醒題」用字需能引人行動。

貳、範例

一、平面廣告：教育部公費留學及各項獎學金專區廣告

（主標題）留學不是夢　獎金這裡找

（副標題）政府提供各項獎學金，幫助青年學子邁向學術更高境界

（內文）教育部公費留學及各項獎學金以補助出國攻讀碩博士學位為主，大專校院學生短期出國研修與實習，可申請學海系列計畫獎補助，詳情請搜尋「教育部 公費留學及各項獎學金專區」．

獎學金項目	簡章／要點公告時程
學海系列計畫獎補助	每年12月
公費留學考試	每年6月底
留學獎學金甄試	每年12月
教育部與世界百大合作設置獎學金	每年11月底
教育部歐盟獎學金	每年12月至翌年1月

請提早詳閱簡章及要點，預留準備時程

教育部國際及兩岸教育司

電話：(02)7736-6666

圖3-1　國立雲林科技大學國際園地辦公處佈告欄。

（資料來源：張美娟拍攝）

二、平面廣告：臺鐵貨運服務所廣告

（主標題）臺鐵軌道新經濟，打造行旅新記憶
（副標題）臺鐵除提供您搭車需求外，更提供多元資產出租服務
（內文）停車場、土地出租
　　　　列車廣告、車站廣告出租
　　　　車站商場經營
　　　　一般房屋、辦公室、倉庫出租
臺鐵貨運（產管）服務所洽詢專線
北區：（02）2389-8495

中區：（04）2222-3501

南區：（03）856-2313

東區：（07）235-1065

網址：http://www.railway.gov.tw/tw/

圖3-2　臺鐵貨運服務所廣告。

（資料來源：https://www.railway.gov.tw/Upload/RPeriodical/RailwayPeriodical_9.pdf）

三、平面廣告：國立雲林科技大學漢學應用研究所 招生廣告

（主標題）讓明天的你　不一樣

（副標題）實現當老師的夢想　　　儲備多元發展的能量

　　　　　享受海外短期遊學樂　　　開創繼續深造的磁場

　　　　　2017國立雲林科技大漢學應用研究所碩士班甄試入學招生

（內文）【招生名額】12名

（內文）【招生名額】12名

【網路報名登錄日期】106年10月1日（星期三）上午9時起至106年10月26

日（星期四）下午4時30分止

【報名表件郵寄截止日期】106年10月27日（星期五）（郵戳為憑）

【甄試項目】

1.書面資料審查

2.面試（日期：106年11月18日）

【書面審查應繳資料】

1.報名表

2.畢業證書或學生證影本

3.歷年成績單正本

4.學習研究計畫書

5.自傳

6.其他有助於審查之証明文件與資料：

（請以A4紙張裝訂成冊）例如：

(1) 英文能力證明（全民英檢、TOEFL等）

(2) 專長證明、特殊能力等。

(3) 發表立學術性文章、論文、著作、獲獎等

系所聯絡方式

網址：http://www.ghc.yuntech.edu.twj

電話：(05)5342601轉3402

聯絡人：林小姐

電子郵件：ghc@yuntech.edu.tw

圖3-3　國立雲林科技大學漢學應用研究所招生廣告。

（資料來源：國立雲林科技大學漢學應用研究所提供）

練習題

1. 試說明廣告文案基本結構，有哪些構成要素？
2. 請走進市面上，選擇現有的產品廣告，分析該廣告的語言文字設計，哪一部分是廣告文案中的主標題？哪些是副標題？哪些是內文？哪些是標語？哪些是醒題？
3. 試為國立雲林科技大學招生組，撰寫一則有關大學部招生的廣告文案。

第四章
企劃書

薛榕婷

一、前言

　　企劃是什麼？為一個或數個提案、活動整體全盤考量，具足細心與腳踏實地，規劃與事先安排，始於創意而終於計畫，就是企劃的精神。有了網路與3C產品的加持，資訊大量流通，一般人皆能迅速取得許多資源加以運用；那麼，創意與效率便成為脫穎而出，邁向成功的關鍵。小至慶生會、班級活動，大至系級活動、社團活動，乃至於未來工作上的需求，企劃能力都是非常基礎必備的要項。而企劃力的培養在於透過日常的訓練加以增強，並不是艱深晦澀的大理論，也不是特殊的工作，而是非常實用而常見的技巧，及早練習，掌握企劃原理，訓練系統性的思維，有助於未來順利進入職場，並且勝任愉快。

　　相較於其他項目的學習或體驗，若是依照指示完成事項，通常只有單一面向的了解；片段，部分，不連續，或是單純的計算工作。企劃則需要從頭到尾預先規劃安排，企劃的目的是最終要將它實現，因此是一項綜合各項條件因素，建構在現實面的設計。這不是記憶與背誦的功夫，要透過實際演練與模擬以具備及增強企劃能力。企劃的讀者、閱聽人可能是內部幹部、學員，將來的同事、主管，也有可能是要對外說明，需要透過成功的簡報讓企劃呈現與實現。藉由本章的介紹與練習，培養寬廣心胸與深度思維，同時增進對他人的同理以及杜絕理所當然的心態。

　　關於企劃書的運用，常見的為活動企劃書及行銷企劃書；活動企劃書即是為活動設計具體內容，例如競賽、展覽、參訪、演講、工作坊、旅遊、園遊會、演唱會、運動會……等等，對於執行策略、採用方法及實際的步驟、工作分配需要完整的安排。而行銷企劃書為商業用途，目的在於推廣及提高商品銷售，當中可能包含市場分析、活動規劃、展場的設計、

文案寫作，也可能是一個以上的企劃延伸與支援；例如經營企劃包含人員培訓企劃，產品開發企劃接續有促銷企劃，促銷企劃當中包含活動企劃。更具複雜度與變化，並且涉及高度專業性。

　　當企劃書撰寫規劃之後還需要經過審核、確認採用、評比，有可能是眾多同時參與的企劃之一，有提議、申請的性質，這樣的企劃書稱為提案企劃書；特別著重設計活動之目的與預期成效。本文重心在於活動企劃，從中認識企劃書的基本架構，配合範例及演練，塑造穩紮穩打的優質企劃力。

二、活動企劃書的目的

　　為什麼要寫企劃書呢？一份完整的企劃案，可以把腦子裡的想法，落實成為實際執行的步驟；更可以讓你說服別人、爭取資源、實踐心中的理想。它的本質在於規劃、效率、資源分配。從觀察、資訊蒐集、交涉、創新、規劃到最後的呈現；經過思考，事先安排計畫，整合人力、財力、物力等各項資源分配運用，計算所需人力、資材、經費，安排進度，避免魯莽行事，期使計畫順利執行，圓滿實踐。在規劃活動藍圖的時候，設法拉近現實條件與理想活動的差距；活動的每個環節與細項事先仔細考慮，包括注意事項的說明，緊急狀況的備案，配套措施的準備；到時候便能按部就班進行。簡單來說，就是，明確規劃行動事務與時間，掌握支出與爭取經費。當外出拉贊助或是商談合作機會時，需要讓對方事先了解整個作業流程，作為評估可行性，那麼，一份完整的企劃書就是迫切必要的。

　　活動的順利進行會需要不同的單位共同合作，人力相互支援，彼此之間要有效率地對於活動的全貌以及進度的確實掌握，也有賴一份詳實縝密的企劃書，確保調性一致，避免多頭馬車。

三、如何撰寫活動企劃書

　　著手開始建立企劃書之前，更重要的是先思考，不是先動手。活動的要項與活動目的影響著企劃的內容。思考的是活動目標的設立；為活動

設定明確的目標。這個活動可能是既有的活動傳承，可能是新創的主題活動，目標可以是宣導某項概念、提高團體能見度、促進成員熟悉、回饋或獎勵……等；思考目標是什麼？為什麼要訂立這樣的目標？有什麼背景？目前面臨的現況是什麼？

這個目標將會貫穿整個活動的設計與安排。沒有確切的目標，無法設立方向。可運用的資源是有限的，不可能作漫無目的的虛擲。

明確地目標設定之後，再選擇最有效益的方式進行。透過企劃案來釐清、整合各項所需資源。如果企劃的目的與最終結果無法連結，會造成人力、物力、時間、金錢的損失與浪費，尚在提案階段的企劃書，也會因此無法獲得支持，審閱者會透過目標的訂立與後續活動的執行方案來判斷。在企劃書中，應該說明為了達成什麼目標，採用什麼方式，如何進行，所需資源有哪些，各項預算評估是多少。撰寫企劃書會在目標與行動方案的選擇中來回修正，這是必經的過程，活動的藍圖會在思考與協調中逐漸明朗。

企劃書撰寫者用以架構企劃內容的項目，可以借用「5W2H1E」8個項目的思考模式，仔細想清楚這幾個要點，就可以組成初步企劃的內容。「5W2H1E」分別是：

Why：目標，做這個企劃要達成的目標。

What：內容，企劃的具體方案，要以什麼形式來舉辦？透過方案的實現而達成目標。

Where：地點，活動方案進行的地點。

Who：參與人員，要考量場地與容納人數。

When：時間，活動進行的時間，包括場次分配。

How：具體實施方式，無論是靜態的展覽、動態的表演，都可以有不同的呈現方式；舉辦展覽、座談、演講、競賽，也有各種風格主題與調性，綜合考量客觀條件與人力分配，選擇適當的方案，獨特創意也是由此表現。

How much：企劃的內容有許多進行的方式，牽涉到各種資材備品的採購或租借，有些場地也需要租借費用。即使同一項用品器具，

單價也有所差異；一枝筆，有可能準備最簡單的原子筆批發價只要八元，有可能請廠商特別製作印製名稱，則需要八十元。經費的預算結構伴隨著企劃內容的設計，一併考量，在總預算的控制下，做最有效的運用。

Effect：預期效益，透過活動的設計與執行，最後達致的成果。

最基礎最核心的部分確定了之後，接下來就可以在這些重點的基礎上說明理念，並且一一檢視相關的事項，聯絡與確認調整細節以及經費的預算。摘要性的整體結構圖表可以讓目前的規劃一目瞭然。

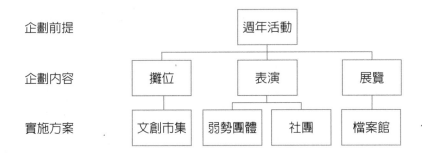

四、活動企劃書的基本架構

企劃書內標題的順序，其實就是企劃的內容，嚴謹的計畫，詳實縝密，並不能隨意、也不是創意。因為創意是表現在活動設計，不是在企劃書項目。若有引用資料，須註明資料來源及日期。

最基本的企劃書至少包含下列項目：

1. 封面含活動名稱
2. 目錄
3. 活動宗旨
4. 活動效益評估
5. 參加對象與人數估算
6. 活動時間、地點
7. 活動內容
8. 工作進度計畫含人力分配

9. 宣傳規劃

10. 附錄

　　而大型的活動或者有階段性的活動需要更完整的說明：

1. 封面

2. 目錄

3. 企劃的緣由

4. 宗旨、目標

5. 活動名稱設計說明

6. 預期效果

7. 主辦、協辦單位與贊助單位

8. 活動參與對象與人數估算

9. 活動時間、地點

10. 活動內容

11. 工作進度表

12. 宣傳策略與實施方式

13. 預算評估表

14. 人力分配表含聯絡窗口

15. 物品道具資材清單

16. 預期困難點與解決策略

17. 注意事項

18. 附錄

　　項目安排越仔細，代表事前規劃越周到，最高指導原則是讓看到企劃書的人能夠對活動的預設樣貌有明確具體的認識，無論是拉贊助、審核經費的對象，或者是共同完成企劃的工作人員，都透過企劃書而有相同的共識，減少誤會或歧見。需要簡報說明企劃內容的時候，再視情況從中擷取必要的項目介紹說明。

五、活動企劃書的各項重點

　　企劃的內容，是對於未來的規劃，如果構想越具體，越能接近實現的

那一刻，在步驟進行的過程，也能夠及早發現問題或狀況而加以應對。當企劃書中的每個項目都完成，也就是整個活動需要安排的部分都考慮妥當了。以下分項說明企劃書的各項重點。

㈠封面

　　企劃書的封面是最先呈現的第一印象，可以視為活動宣傳包裝的一部分，包含標題、主旨；明確的設計能夠引發興趣，加深印象，也能夠令人迅速對於活動具有初步概念，尤其是為提案企劃書加分的好辦法。

㈡目錄

　　目錄顯露的是企劃書的架構大綱，顯示出企劃的細緻或粗略，考慮的深入或淺顯，也預告了後續會如何呈現這份企劃書，在簡報說明的時候，可以讓聽眾清楚報告的進程。

㈢企劃的緣由

　　企劃的背景分析；為什麼會有這份企劃案的提出呢？何以要設計這份企劃案？有什麼前因後果、背景資料？是具有傳承的固定活動還是新創的不定期活動？企劃的緣起是想法萌芽的開始，也影響了後續的行動方案。

㈣宗旨、目標

　　本次企劃有何立場、議題或呼應大環境趨勢？是否有地緣關係、歷史淵源、情感因素、社會公益責任？紀念或推廣、回饋？藉由此企劃書可以完成什麼事？解決什麼問題？設定的目標是整個企劃的重心，會與投入的資源相關，藉由目標的確立釐清、整合各項所需資源。如果目標不夠清楚明確，最後發展的結果將不如預期，容易產生意料之外的狀況不斷。

㈤活動名稱設計說明

　　活動名稱如同標題，抓住企劃的精神，強調出活動的特色而成為吸

睛的亮點，也會在宣傳活動的時候具有舉足輕重的影響力。說明構想的來源，與企劃目標的連結。如果同時有標誌或吉祥物的設計，一併在此說明靈感來源與設計理念。廣告或行銷類型的企劃，名稱的設計著重於創造話題，獲得認同，有宣傳、廣告的用意，配合並強調規劃重點及特色，或者延伸出文宣品。為企劃書內容作口頭報告時，亮眼的標題搭配完整的簡報，整合出成功的企劃案，達成順利執行的最終目的。

㈥預期效果

　　企劃成功執行之後，可以帶來哪些益處？預期效果最好有確切的數據，如果能清楚呈現實施企劃案前與後的變化，指出採用企劃前後產生的明顯差別，就會讓人留下深刻的印象。也可從質與量兩方面說明，績效成果、概念的宣導提倡屬於「質」的部分。活動場次、參與人數、報導篇幅……等等屬於「量」的部分。預期效果的達成與活動具體內容以及參加對象直接相關，並且須配合宣傳以達到最大實現可能。

　　企劃的目標—方案—預期效果，其實就是緣起—過程—結果。彼此應該合理且相互連貫，符合預算，考量活動規模及架構。一份企劃書採取了行動方案，投入了資源，最後可以產生什麼效益，應該在企劃案中預先考量。當效益評估與企劃目標和預算相比較，就能清楚知道該不該執行。提案的審核就是在經費預算與預期效果之間做取捨決定。

㈦主辦、協辦單位與贊助單位

　　一項活動的承辦，必然有主要負責的單位機構，或有指導監督之上級，或另有協同的單位機構。企劃案的主辦單位是誰？需要哪些協辦單位？應該清楚列出。

㈧活動參與對象與人數估算

　　活動參與的對象，視企劃目標以及活動設計方式的規劃而定，參與人數也應有所估計或限制，此與活動場地、活動時間、活動經費與人力分配等條件相互關聯。活動的報名資格以及報名方式也在此說明。

㈨活動時間、地點

時間包含日期與活動的進行時間，地點的設定考慮容納人數、硬體、軟體設備。除了是活動規模、參與人數的相互考量，也與活動性質直接關聯；例如室內活動是否有所限制，戶外活動時間不宜過長，雨天備案，交通方式與場地提前租借預約及相關費用編列。

㈩活動內容

關於企劃內容人、事、時、地、物的細節規劃安排，議程表、行程表的設計。活動內容越具體，在提案時就越具說服力，在工作同仁分工進行時誤差越小。比如說一項靜態展覽，展品的來源、數量，展品如何運送、擺放，展場布置與動線，是否搭配集點贈獎遊戲規則等等。

在執行計畫之前必須確保所有事物都已安排妥當，落實執行才會更加順利。

詳細流程表單設計應包含

時間	項目	內容	負責人	地點	資材	備註

⑾工作進度表

企劃的功用就是在於事先的安排，拆解所需要的工作項目，安排到時程表當中，在時間限制內有效率地完成企劃所需的工作。是企劃從紙上談兵到實際執行的關鍵。掌握人力與經費的需求高峰，是工作進度表的重點。工作進度規劃要合理並且不能過度集中，整理出輕重緩急與客觀條件，逐項完成。從便當訂購、遊覽車安排、攤位帳棚桌椅音響設備租用，或者禮堂、音樂廳借用申請，場地清理布置、公文往來、紀念品或活動用品訂製、邀請函製作寄發，都分別需要不同的工作時間，一定要提早準備，避免開天窗出紕漏。在提案階段，可以提供較粗略的進度表，標示出所需要的時間長度，而不是固定的工作日期，確定實施之後，再擬定詳細的工作進度表。

(十一)宣傳策略與實施方式

活動的宣傳方式很多，例如海報文宣、廣告、網路、社群、媒體、電子郵件、簡訊、街頭放送、製作宣傳品（貼紙、酷卡、LINE貼圖、海報、帽子、T恤……等紀念品），與人力安排、經費分配相互關聯。好的企劃，如果因為沒有適當的宣傳策略與實施方式而無法達成預估效果，那實在太可惜了，因此不可輕忽宣傳的策略與計畫。

(十二)預算評估表

企劃當中的每一階段都需要經費的支撐，也是提案企劃書的重點；執行活動方案產生的各種費用，以及經費來源，需要合理編列分配，調查市場行情，釐清必要的項目，注意額外支出的可能。一盤由麵包店製作的小點心，費用也許是七、八百元，但如果向大飯店訂購，則可能高達三千元。如果經費超過預算的上限，這個提案根本不會通過，或者企劃內容會遭到刪減。除了必然的支出，例如場地成本、設備租借費用、飲食花費，「人力成本」有時容易遭到忽略，應該一併考量。

(十三)人力分配表含聯絡窗口

相關人員或配合單位、協助事項與負責人；盡可能詳細列出參與活動的相關人員以及工作分配，計算需要的人力，除了能夠在準備與執行的時候方便快速查找對應的負責人，也有助於掌握進度。

(十四)物品道具資材清單

活動的順利進行，需要各項物品道具資材，單位本有，或是借用，或是以活動經費新購入；來源、數量務必清楚，以免活動執行當下臨時欠缺，必然影響活動進行。道具或需事先製作，物品資材在活動當時匯聚一處，活動結束之後還歸本處，這些也都需要安排相應的人力。

(十六)預期困難點與解決策略

設想可能遇到的困難，是一份周密的企劃書應該顧慮到的部分，如果真的發生上述的情況，有什麼可能的對應措施與因應策略？可以向誰尋求協助？

(十七)附錄

當企劃設計有主視覺呈現、相關表單，例如報名表、宣傳品樣本、場地空間規劃圖、路線圖，都要隨企劃書附上，提供辨識。提案階段的企劃書，如果有相關證明文件可以提高說服力，也要一併附上。

(十八)備案

考量企劃執行的變數，並且提早做準備。例如戶外活動一定要留意天氣條件帶來的影響。注意備案也需要占用經費預算，因為會有備案衍伸出的額外支出。誠實地列出也許可能發生的情況，並提出解決問題的對策，這樣能顯示出提案企劃的周密，爭取安全感及信賴度。

企劃書的項目確保了規劃的周延性與深度，設立明確而符合期待的目標，整份企劃的精神連貫一致，工作內容與流程符合此項目標，以參與者的角度思考，載錄的數據確實而有根據，對於工作分配與經費規劃不含糊。加上表達的時候善用流程圖、結構圖、表格，排版有條理，視覺動線清楚；如果能輔以獨特，有趣，有令人感動的要素，便具備優秀的企劃力。

六、範例

以下針對企劃書的要項舉出範例

㈠企劃完整範例一

⑴活動名稱：OOO學校校內閱讀寫作競賽

⑵活動宗旨：為鼓勵學生課堂學習之外多方增益閱讀理解與表達溝通能力；藉由競賽方式，獎勵本校學生從事閱讀寫作；以培養良好閱讀習慣，促進人文素養之建構。

⑶主辦單位：OOO學校、OOO學校通識教育中心

⑷承辦單位：OOO學校校內閱讀寫作競賽工作小組

⑸參賽資格：OOO學校在校學生

⑹活動時間：2015年2月下旬開始收件

　　　　　　2015年3月下旬截止收件

　　　　　　2015年5月中旬頒獎

⑺活動地點：OOO學校甲校區、乙校區分別舉辦

⑻活動方式：閱讀寫作競賽競賽、得獎作品展示及頒獎

⑼參與人數：工作人員約12人（兩校區各6人）、甲校區參賽者約70人

　　　　　　乙校區參賽者約40人（每班1-2名）

⑽活動內容：本活動內容預計分為「宣傳」、「徵稿」、「評選」、「頒獎」四大部分。

　①「宣傳」部分：從2016年2月起，將競賽海報張貼於兩校區，並於學校網頁（http://www.OOO.edu.tw/index.php）上公佈徵稿消息，向全校有興趣者徵稿，鼓勵學生踴躍參與投稿。

　②「徵稿」部分：徵稿時間從2015年2月下旬起開始收稿，截稿日則定為2015年3月下旬截止。收件地址為：甲校區通識中心辦公室及乙校區教學大樓三樓辦公室。其間除加強宣傳外，並開放讓各科學生投稿。

　③「評選」部分：截稿後，由OOO學校校內閱讀寫作競賽工作小組編號整理，公佈入圍者名單。並聘請國內知名詩人或專家學者組成評審委員會評審之。如未達水準，得由決審委員會議定從缺，或不足額入選。

④「頒獎」部分：評審出名次後，通知所有入圍者；委請廠商製作獎牌，並請專人將得獎作品製作成作品集。預計將於2015年5月中旬舉辦頒獎典禮，並同時公開展示作品。

⑪工作分配及進度

召集人：張OO老師（通識中心主任）

總幹事：楊OO老師（通識中心助理教授）

時　　間	進　　度
2015.11	企劃書完成，申請經費，接洽協辦單位，製作海報、報名表
2015.12～2016.02	開始宣傳競賽活動，寄送海報至兩校區，發布網路消息，開始宣傳活動、租借兩校區頒獎場地
2016.02下旬～03下旬	開始收件（至3月下旬止），邀請評審，確認租借頒獎典禮場地
2015.03下旬～04中旬	進行初審、複審
2015.04下旬	寄送邀請函
2015.04下旬	進行決審會議，製作獎牌
2015.05上旬	確認典禮流程
2015.05中旬	集會頒獎、經費核銷

⑫比賽辦法：詳如附件一

1.可能遭遇困難與解決方法

可能遭遇困難	解決方法
學生參與意願不高	加強宣傳，以豐富獎項鼓勵同學參與
頒獎場地借用與其他活動有衝突	提前預約租借場地
頒獎場地設備發生故障	聘請工讀生提前檢查環境設備
頒獎師長臨時無法出席	確實與頒獎師長保持聯繫，敦請一位以上頒獎師長

2.預期成果

(1)質化成效

① 促進學生在課堂以外的自主學習，養成閱讀習慣。

② 藉由聞、思、寫作漸進省思閱讀內容，深化閱讀成效，並增加書寫練習機會，增進寫作能力。

③ 幫助畢業專題撰寫能力的養成。

(2)量化成效

105年度效益指標	105年度效益指標目標值	備註
扣除外出實習班級，每班至少一名同學參加	≧56	

附件一　比賽辦法

第一屆OOO學校校內閱讀寫作競賽徵選辦法

壹、主旨：為鼓勵學生課堂學習之外多方增益閱讀理解與表達溝通能力；藉由競賽方式，獎勵本校學生從事閱讀寫作；以培養良好閱讀習慣，促進人文素養之建構。

貳、主辦單位：OOO學校、OOO學校通識教育中心

參、收件方式及截稿日期：

　　㈠收件日期：自2015年2月下旬起開始收件，至3月下旬截止，逾時恕不受理。

　　㈡收件方式：作品一式一份，以600字稿紙繕寫，不限張數。於截稿日前連同報名表一份，繳至甲校區通識中心辦公室或乙校區教學大樓三樓辦公室。

肆、參賽資格：OOO學校在學學生。

伍、徵選項目：

題目：我讀《某某書》（請由公告書目自選書籍，撰寫讀後感。全書或選篇皆可）

體裁：白話散文

陸、評審方式與獎勵：

㈠評審方式：分為初審、複審二階段；每一階段均聘請國內藝文
　人士或學者組成評審委員會評審之。如未達水準，得由複審委
　員議定從缺，或不足額入選。

㈡獎項及獎金：甲校區與乙校區分別評比
　第一名：獎牌一面，獎金新臺幣一千元整。
　第二名：獎牌一面，獎金新臺幣六百元整。
　第三名：獎牌一面，獎金新臺幣四百元整。
　另選取佳作二名，致贈獎牌一面，獎金新臺幣二百元整。

柒、注意事項

㈠每人限參選1件，請勿化名同時參選2件以上。

㈡參選者請於報名表上確實填寫個人資料。

㈢作品稿件上請勿書寫或印有作者姓名及任何記號，違反規定者
　不列入評選。

㈣禁止冒名頂替與抄襲，參選作品必須未曾得獎或於報刊、網
　路、部落格等任何媒體發表。凡有上列違規情事而查證屬實
　者，除取消得獎資格、追回獎金及獎牌、公布違規事實外，一
　切法律責任概由當事人自行負責。

㈤參選作品及資料請書寫工整。

㈥得獎作品之作者享有著作人格權及著作財產權；但須授權主辦
　單位（OOO學校通識教育中心）於該作品之著作權存續期間，
　擁有在任何地方、任何時間以任何方式利用。著作人不得以任
　何理由主張撤銷此項授權，而且主辦單位（OOO學校通識教育
　中心）不需因此額外支付任何費用。

㈦參選作品請自留底稿，恕不退件。

㈧報名表與比賽辦法，可至OOO學校網頁（http://www.OOO.edu.
　tw/index.php）下載。

㈨本辦法如有未盡事宜，得隨時修訂補充之，並公佈於OOO學校
　網頁（http://www.OOO.edu.tw/index.php）。

㈡企劃完整範例二

1. 封面

遇見，林中市集

（國立雲林科技大學校園展售會）

活動企劃書

撰寫人：000

日期：000 年 00 月 00 日

2. 目錄

(1) 封面

(2) 目錄

(3) 企劃的緣由

(4) 宗旨、目標

(5) 活動名稱設計說明

(6) 預期效果

(7) 主辦、協辦單位與贊助單位

(8) 活動參與對象與人數估算

(9) 活動時間、地點

(10) 活動內容

(11) 工作進度表

(12) 宣傳策略與實施方式

(13) 預算評估表

(14) 人力分配表含聯絡窗口

(15) 物品道具資材清單

(16) 預期困難點與解決策略

(17) 注意事項

(18) 附錄

3. 企劃的緣由

　　雲林科大各系所單位咸具特色，長久以來累積了眾多的優秀成果，老師與學生們共同在這個肥沃的土地上努力耕耘，開出美麗的花朵，結出豐碩的果實。這份美好，所有成員與有榮焉，應該分享給大眾共同領受。

4. 宗旨、目標

　　藉由活動的舉辦，系所單位處室成員將各自的歷史沿革、現況、產業合作、未來發展、優秀成果做有系統地整理，透過合宜的方式展覽販售；室內展覽與戶外表演活動同步進行，與在地知名飲食業者合作設攤，在園遊會的歡樂氣氛中進行活動。整合各科系共同籌備展覽，是自我檢視與省察的機會，與相關產業聯絡感情，加強聯繫，也藉此互相切磋鼓舞，建立信心，更能夠讓校內大家族的成員對彼此有更多的了解與拓展跨區域合作關係。

5. 活動名稱設計說明

　　本次活動名稱為「遇見，林中市集」。雲林科技大學以地區命

名，成為當地地標以及在地精神象徵，活絡當地產業與藝術文化。本次活動名稱設計概念來自森林場域豐富的生物多樣性以及生命力，象徵雲科大辦學績優與持續發展。活動當中展現全校成員努力的成果，並邀請相關產業駐點設攤，匯聚一堂。因此有「遇見」「市集」字眼，並且「遇」字與「雲」字諧音，強調出校名特色，加深印象。

6. 預期效果

　　展演期間，估計參與人次四萬人次，有助於凝聚成員向心力，與在地民生產業建立友好關係，發揮正向影響力，提高本校知名度，讓廣大群眾深入了解學校現況與發展。

7. 主辦、協辦單位與贊助單位

　　主辦單位：雲林科大教務處

　　協辦單位：雲林科大各系所單位處室

　　贊助單位：○○○、○○○、○○○、○○○、○○○

8. 活動參與對象

　　教職員生、畢業校友、學生家長、社會大眾

9. 活動時間、地點

　　日期：○○○年○○月○○日至○○○年○○月○○日

　　時間：第一天上午9:00至下午7:30

　　　　　第二天上午9:00至下午4:00

　　地點：大禮堂（攤位與室內展演）、青青草原（攤位、戶外表演）

10. 活動內容

　　系所單位之展演/表演活動/攤位，校外廠商設攤

	○○月○○日	○○月○○日
8:00-9:00	場地布置／廠商進駐	
9:00-9:40	開幕式	場地布置／廠商進駐
10:00-10:30	室內展演／戶外表演活動一	室內展演／戶外表演活動十一
10:30-11:00	室內展演／戶外表演活動二	室內展演／戶外表演活動十二

	○○月○○日	○○月○○日
11:00-11:30	室內展演／戶外表演活動三	室內展演／戶外表演活動十三
11:30-12:00	室內展演／戶外表演活動四	室內展演／戶外表演活動十四
12:00-13:30	休息	休息
13:30-14:00	室內展演／戶外表演活動五	室內展演／戶外表演活動十五
14:00-14:30	室內展演／戶外表演活動六	室內展演／戶外表演活動十六
14:30-15:00	室內展演／戶外表演活動七	室內展演／戶外表演活動十七
15:00-15:30	室內展演／戶外表演活動八	室內展演／戶外表演活動十八
15:30-16:00	室內展演／戶外表演活動九	閉幕式
16:00-16:30	室內展演／戶外表演活動十	場地清理及恢復
16:30-17:00	室內展演	場地清理及恢復
17:00-17:30	休息	
17:30-19:30	星光影展	

11. 工作進度表

(1) 年度行事曆規劃

(2) 各系所活動項目與需求提出

(3) 場地區域規劃

(4) 場次時間規劃

(5) 設備廠商發包

(6) 宣傳品印製

(7) 宣傳活動起跑

(8) 場地布置、設備進場

(9) 預演

(10) 活動正行

(11) 活動結行

(12) 成果報告

12. 宣傳策略與實施方式

學校網頁、建築物跑馬燈、校園E-mail發送、廣告旗幟、校刊、各

系所系學會宣傳、校友會宣傳、媒體新聞稿、酷卡製作發放、宣傳小物

13. 預算評估表

　(1) 場地設備費用

　(2) 行政費用

　(3) 宣傳費用

　(4) 人事費用

　(5) 雜支

14. 相關人員或配合單位、協助事項與負責人（人力分配表含聯絡窗口）

　　　行政單位及學術單位處室活動負責人

15. 物品道具資材清單（演示用電腦投影設備由各單位準備）

　(1) 宣傳海報OOO份

　(2) 節目海報OOO份

　(3) 傳單OOO份

　(4) 節目單OOO份

　(5) 音響影音設備室內OOO組室外OOO組

　(6) 歐式帳篷OOO組

　(7) 長桌OOO張

　(8) 椅子OOO張

　(9) 隔板OOO組

　(10) 海報架OOO組

　(11) 分類垃圾桶OOO組

16. 預期困難點與解決策略

　(1) 活動時間人潮眾多，需加強校園安全維護

　(2) 環境衛生難以維護，需設置多處垃圾分類站，並且加強清運次數

17. 注意事項

　　　各單位確保聯繫管道通暢，立場一致，問題出現及時解決。

18. 附錄

　　　海報樣張、宣傳小物設計樣張

(三)企劃部分範例

1. 企劃的緣由

可以是：

(1)為了慶祝本校／系所／社團／單位成立某某周年，因此規劃慶祝活動。

(2)海洋生態遭受塑膠垃圾破壞，嚴重危及生物生存，有必要提倡減塑生活概念。

(3)現代人飲食不均衡，熱量過剩，缺乏運動習慣，人力素質降低，有必要廣泛推動運動習慣。

2. 宗旨、目標

可以是：

(1)基於推廣本校／系所／社團／單位文化，祈使大眾與學生能增進對本單位之了解，舉辦展覽活動，展示歷史沿革相關照片與典藏文物。

(2)為共同推廣在地文化特色，增進情感認同與交流，邀請在地美食攤商於活動期間架設攤位。

(3)營造良好社會形象，善盡社會責任，建立社會回饋概念，規劃舞蹈、表演節目，讓成員展現才藝，並配合弱勢團體藝術品展覽義賣以及捐血活動。

(4)推廣減塑生活概念，使參與對象深刻感受人類社會製造的垃圾對於生態環境長久性的污染破壞，因此籌備淨灘活動。

(5)喚起大家注重運動習慣的概念，促進國民健康，提升國民體能，並傳揚地方傳統文化，增進在地旅遊成效。以分組路跑方式，路線行經知名景點與地標，鼓勵全家人一起參與，養成良好運動習慣。

3. 活動名稱設計

可以是：

(1)熱血你和我（捐血活動）

(2)暗藏玄機（機器人大賽）

(3)漫步在雲端（雲林路跑活動）

(4)薪火相傳（烤肉大會）

4. 預期效果

　　可以是：

⑴預估舉辦講座○○次，工作坊○○次，參加人數○○○人次。

⑵預估報名人數○○人，報名費收入○○○○元。

⑶開發參與人員創意思考、習得○○○實際操作應用技能。

⑷清理○○區域沙灘廢棄物○○○○公斤

⑸培養榮譽心、向心力，負責任態度。

⑹聯繫人員互動，增進感情交流。發掘特殊才能，增進對彼此的認識。

⑺提高知名度，增進社會大眾對本系所的了解

5. 活動參與對象與報名方式

　　可以是：

⑴本單位人員及眷屬，進入活動臉書粉絲專頁填寫網路報名表單

⑵開放社會大眾參與，持發票兌換入場卷

6. 活動時間、地點

　　可以是：

⑴某年某月某日至某日，上午九點至下午五點，多功能活動中心

⑵某年某月某日，上午五點至中午十二點半，河岸公園

7. 活動流程

　　可以是：

⑴公益捐血活動

5/5									
8:00 ∣ 9:00	9:00 ∣ 10:00	10:00 ∣ 11:00	11:00 ∣ 12:00	12:00 ∣ 13:00	13:00 ∣ 14:00	14:00 ∣ 15:00	15:00 ∣ 16:00	16:00 ∣ 17:00	17:00 ∣ 18:00
佈置 彩排	捐血活動							撤場	檢討 會議
	展覽活動								
		美食擺攤							
	表揚						抽獎		
		歌舞 表演				歌舞 表演			

(2)科普展暨園遊會（需另外設計兩日的詳細行程表）

日期	時間	地點	活動內容
6/18	9:00-19:00	中央廣場	園遊會
6/19	9:00-16:00	體育館內	科學展與DIY體驗

(3)綠色保育農產特賣會

日期	時間	活動內容	人員	地點
10/12	8:00-8:50	場地準備、號碼牌發放	工作人員	各場地、服務臺
	9:00-9:30	開幕式	○○院長	舞臺
	9:50-10:40	水雉復育成果介紹	○○專員	舞臺
	11:00-11:50	體驗活動一	協辦廠商單位	各攤位
	12:00-13:00	休息		
	13:10-14:00	紫斑蝶復育成果介紹	○○專員	舞臺
	14:20-15:10	體驗活動二	協辦廠商單位	各攤位
	15:10-15:50	綠色保育標章宣導影片	主持人	舞臺
	16:00-16:30	芒果青製作示範	○○農友	舞臺
10/19	8:00-8:50	場地準備、號碼牌發放	工作人員	各場地、服務臺
	9:00-9:30	紅藜米料理示範	○○農友	舞臺
	9:50-10:40	翡翠樹蛙復育成果介紹	○○專員	舞臺
	11:00-11:50	體驗活動三	協辦廠商單位	各攤位
	12:00-13:00	休息		
	13:10-14:00	大冠鷲復育成果介紹	○○專員	舞臺
	14:00-14:50	體驗活動四	協辦廠商單位	各攤位
	15:10-15:50	樂團演出	基金會成員	舞臺
	16:00-16:20	閉幕式	基金會董事長	舞臺

(4)體育競賽

	6/18	6/19
8:00-9:00	選手報到	
9:00-10:20	第一階段初賽	半準決賽
10:40-12:00	第二階段初賽	準決賽

	6/18	6/19
12:00-1:30	午餐／休息	
1:30-2:50	第一階段預賽	頒獎
3:10-5:00	第二階段預賽	表演賽

8. 工作進度表

可以是：

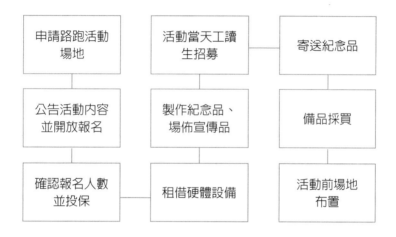

9. 宣傳策略與實施方式

可以是：跑馬燈、官網公告、系所公佈欄、電子信箱寄送、臉書宣傳貼文、宣傳單、海報張貼、貼紙、酷卡發送、廣播。

10. 預算評估表

可以是：

(1)表揚活動

項目	內容	單價	數量	小計	說明
宣傳費	文宣品	5	200	1000	吊飾
	海報	500	3	1500	活動海報
	小計	2500			
業務費	場地布置	50	6	300	彩帶
	茶點	500	6	3000	托盤小點

項目	內容	單價	數量	小計	說明
業務費	飲料	800	2	1600	紅茶綠茶
	獎品	350	10	3500	進口文具
	小計	8400			
總計		10900			

(2) 參訪活動

項目	內容	單價	數量	小計	說明
文宣	名牌	20	120	2400	個人吊牌
	活動手冊	15	120	1800	活動行程與集點頁
	小計	4200			
業務	門票	30	120	3600	園所門票
	餐飲	70	120	8400	午餐便當
	交通	10000	3	30000	遊覽車
	紀念品	10	120	1200	摺疊扇
	保險	30	120	3600	團體意外險
	小計	46800			
總計		51000			

11. 負責人力分配表含聯絡窗口

可以是：

職稱	姓名	系級	電話	Mail	Line/FB帳號
總務	張○○	○○○○	0912-345678	○○○○	○○○
美宣	李○○	○○○○	0921-345678	○○○○	○○○
活動	王○○	○○○○	0987-654321	○○○○	○○○

12. 物品道具資材清單

可以是：

	項目	數量	來源
舞臺區	音響麥克風硬體	1組	廠商租借
	板凳	800	總務處借用

	項目	數量	來源
	大型棚架	3組	廠商租借
美食區	歐式帳篷	22頂	廠商租借
	靠背椅	500	廠商租借
	長桌	16張	總務處借用
	大型落地陽傘	16把	本次經費購入

13. 預期困難點與解決策略

可以是：

人數眾多時難以控制場面，聘請之保全人員及本單位同仁須隨時留意現場狀況，若人數過多，實施入場人數限制以免造成推擠。

14. 備案

可以是：

活動當天遇雨則搭建臨時遮雨棚。

15. 附錄

可以是：

(1) 參加證樣式：

造型扮妝舞會參加證

單位：＿＿＿＿＿＿＿　姓名；＿＿＿＿＿＿＿

參賽組別：＿＿＿＿＿＿　造型名稱：＿＿＿＿＿＿

00 年 00 月 00 日　　　　　　　　　　編號

(2)報名表單樣式：

新秀選排名歌唱大賽報名表

姓名：　　　　　　　　　系級：

性別：　　　　　　　　　年齡：

出生年月日：　　　　　　身分證字號：

連絡電話：

E-mail:

報名歌曲(一) 歌名：　　　原唱者：

報名歌曲(二) 歌名：　　　原唱者：

報名費匯款後五碼：

練習題

請參考上述關於企劃書的介紹，針對以下主題撰寫一份完整的企劃書：

1. 校園環保宣導活動
2. 校慶活動
3. 改善校園環境計畫

第五章
簡報

一、前言

　　現代社會接觸到的訊息數量龐大、內容多元複雜、變化迅速快捷，資料需要有效率地表達與呈現；「簡報」是經常運用的方式。「簡報」，是「簡略報導」之意，運用於概念的呈現，宣導推廣，分析歸納，事前規劃，預測發展，成果展示。劍橋商務英語辭典（Cambridge Business English Dictionary）將簡報（presentation）定義為「在特定群組當中，有關新產品、提出計畫的一場對話。」而劍橋學術辭典（Cambridge Academic Content Dictionary）所作的的說明為「一場多媒體演示。」無論是課程內容、社團學會運作、商業活動、設計說明、單位團體會議，簡報皆不可或缺。如今多以「簡報」直接聯繫於PPT（Power-Point）簡報軟體；而實用的簡報製作軟體，至少還有Google Prestation、Prezi。前者可智慧建議背景圖示，同樣也能運用背景、格式、轉場特效、動畫等功能；雖然可採用的字型較少，但是能以網址的形式分享，可在不同裝置（平板、電腦、手機）上編輯或操作，也能夠同時開啟相同檔案方便數量龐大的簡報前後對照。後者（Prezi）具有靈活縮放與旋轉的吸睛動態效果，複雜的呈現方式，有如電影運鏡的畫面呈現成為展現手法的一部分；並且不同於單線結構，更能夠清楚呈現出主題與子題，主線與支線的結構。

　　一份完整的簡報，應該先從廣泛蒐集、安排揀擇、圖表量化乃至於最後的結論；循序漸進，按部就班地進行，才能夠獲得圓滿的成果。雖然簡報成品有學門、專業領域、用途……等等的不同，然而基本原則仍在於說明主張，傳達於聽眾，引起共鳴或引發行動。

　　本文欲從構思之初，基本觀念的掌握，基礎技術，分別介紹說明，以期提供大學生於日常課業、學術報告、社團活動，甚至未來職場應用，最終有能力完成一份有意義、令人難忘，並能發揮影響力的簡報。

二、準備工作

　　一份成功的簡報，事前需要有許多準備工作；從資料的篩選整理、架構安排、理論與範例的選取，配置適當的輔助材料，考量場地、聽眾因素所作的配置與策略，直到完成檔案，還有上臺前的練習，陳述方式及器材的運用等等。有充分的準備，才有可能成就一場完整而吸引人的簡報。接下來，依序說明各項內容：

(一)確立目標

　　要製作一份完整、適當的簡報；首先，必須了解這份簡報的目標，期待達成的目的與效果。準備好內容，建立架構，選擇適當的傳達方式，達成目標。比方說，是適合深入探討議題，並且可以針對聽講者的個別問題溝通的簡報，或者是廣泛性討論只能回應大多數人的需求；提供對方新知的介紹性簡報，或是既有訊息資料的整合性簡報。為簡報做定義，清楚闡釋涵蓋在內的議題，以清楚明確的目標引導思考。主要訊息以及期望達成的目標是什麼？聽眾的人數以及聽眾對主題是否有所認識，需要從基本概念說起嗎？需要對專業術語作解釋嗎？聽眾有什麼期待嗎？

(二)資料蒐集

　　再來，需要對簡報的內容講求具體充分與完整，後續才是著重形式上的適當表現。由於簡報應用廣泛，最好平時建立個人資料庫建檔蒐集，將素材分門別類整理，有實際需求時，便能搭配製作主題，迅速取用。無論是以雲端硬碟儲存，或是記事本羅列索引連結，甚至數位筆記[1]的應用，都是很好的方式。此外，清楚這場簡報的目的和範圍，才能確切而適當地

1　數位筆記，如OneNote、Evernote、Wiznote……等。

蒐集相關材料。

　　網路時代，對於資料蒐集、跨領域整合都提供了相當的便利性，人人皆可輕易在網路上搜尋相關資料，例如以〈關鍵字〉+ filetype:pdf 查詢PDF檔案，以〈關鍵字〉+ filetype:ppt 查詢PPT，以〈關鍵字〉+ filetype:pdf + 參考文獻查詢中文論文，以〈關鍵字〉+ filetype:pdf + Reference 查詢英文論文。但也因此容易造成資料複製、堆疊，結果內容大同小異，沒有獨立性及區別性，呈現出重複、抄襲、陳腔濫調的弊病。所以，當搜尋結果在螢幕上顯現的時候，還需要做判斷、選擇，要避免直接複製沒有充分舉證的網路傳言、或是內容沒有經過嚴格審核把關，只要註冊即可登錄內容的網頁訊息。資料庫網頁、公家單位統計資料、官方網站提供的來源[2]是較為可靠的。此外，圖書、發行刊物、研究報告、有品質的報章雜誌，能夠對於單一主題有系統性的介紹說明，延伸探討，引用時也有所依據，應納入資料蒐集範圍[3]，不可加以忽略。

(三)架構的建立

　　最基本的簡報模式包含三大要件：前言、主要內容、總結。為這三大要件添加實質內容，並依照需求加以調整建立大綱，接下來就是依照大綱添加內容。

　　前言，可以包含開場白，問候、致意、自我介紹、說明背景以及流程，也可以在這個階段就把結論簡要公布。

　　主要內容，也就是簡報的主體陳述訊息，詳細說明解釋，導引或推論，重要例證的引用。如果內容龐大，要依段落性的主題說明方式，以時間、區域、或階段等因素分類分段。

2　例如：教育雲_教育大市集https://market.cloud.edu.tw/web/、google學術搜尋https://scholar.google.com.tw/schhp?hl=zh-TW、臺灣碩博士論文知識加值系統https://ndltd.ncl.edu.tw/cgi-bin/gs32/gsweb.cgi/login?o=dwebmge

3　書籍資料可先透過網路查詢確認之後再翻閱實體書，網路圖書資源例如：google書籍查詢https://books.google.com.tw/、臺灣數位出版聯盟http://www.dpublishing.org.tw/、天空書城http://www.dpublishing.org.tw/

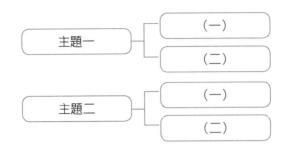

　　總結，摘要結論，總結全文，讓聽眾加深印象。

三、思考模式

　　概念或事件的表述，除了原始資料的蒐集，還需考慮呈現的方式，以期達到簡報最佳效益。除了綜合考慮聽眾的認知程度調整表達的深淺難易，也要注意自我的邏輯整理，前後連貫，具有統一性及整體性。

㈠學習方式的應用

　　學習方式可以分為聽覺、視覺、動覺三種；每個人的習慣或是接收的效率會有所不同，找到自己的學習型態，能夠事半功倍，合宜的學習策略，可以獲得最佳的學習效果。然而面對群眾，可能需要結合運用此三大類型，才能夠達到最好的成效。

　　聽覺學習類型的人，藉由聆聽資訊、與他人討論而有所收穫，例如錄音帶、演講、口語化講授。較為戲劇化的朗誦方式能夠提高學習效果，因為平淡的語氣聲調較容易被忽略。利用音效強調訊息，有助於訊息在聽眾心中留下印象。而清楚的念誦也是聽覺型學習的重要方法。

　　動覺型學習者需要實際的活動配合學習，以身體去感受，無論是自己動手書寫、做記號，或以肢體動作配合訊息，都是動態學習方式。因此小活動的設計不僅提高參與感，也是有效增進學習效果的方式。

　　視覺學習者注重客觀環境，主要以眼睛觀察，顏色、符號、文字、圖畫、記號都是可以利用的輔助工具，可以讓視覺學習型的人充分掌握重點。

三種學習方式並非各自獨立，而是交互參雜，互相搭配運用，大部分的人學習傾向是有其偏好的，找出擅長的學習區以及記憶連結方式，才能夠獲得最佳的學習效果。

隨著3C產品普及、影音娛樂媒體流行，視覺、圖像成為當代群眾接收訊息的重要方式，整體趨勢呈現出以視覺傳達為主流，也就是著重圖片、圖表、流程圖、時間表，甚至影片的形式傳遞訊息，這也是簡報可以同時結合文字、圖片、圖表、影像多元呈現的特色。視覺傳達以圖像的思考模式整理、分析、呈現資料，降低文字使用的規模與範圍，以圖形、箭頭、指標、顏色區塊，從大小範圍、並列或對比的差異提供聽眾具體化的概念，表述事件始末、推導過程、規劃或預期。善用圖像溝通，提列重點，強化理解。

圖像化的表達，以標題（關鍵字）、圖片、圖表、動畫、影像、聲音為主，避免大量文字排列，因為難以閱讀，容易失去焦點，聽眾無法得知應該關注的重點，不容易維持專注力與興趣。由於螢幕與聽眾的距離，簡報字體最好大於32級數，一個頁面的文字也不宜超過七行，整體畫面會比較容易閱讀。

(二)圖解思考的應用

圖解思考，運用圖形來思考，而增進對事物或問題的理解，配合邏輯、解讀、創造，提升理解與溝通。當簡報內容有關數據的時候，有各種不同的表現方式可選擇，除了表現方式，還需注意的是將重點或結論當作標題。例如「成長幅度為N」取代「成長幅度表」，「A項活動報名人數

最多」，取代「我們有ABCDE五項活動」。以下舉例說明

1. 心智圖

　　心智圖是一種圖像化的全面性思考，和人腦結構相符合，樹枝狀的延伸，可以讓視覺型的人充分掌握重點。一開始將主題、核心理念放在中心，相關的關鍵字在主題的周圍，往外擴張，拉出線條以表示主題和關鍵字的關聯，以關鍵字建構主題的概要以及彼此的關聯性。

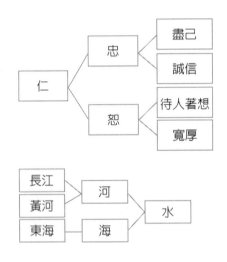

2. 魚骨圖

　　魚骨圖（Fishbone Diagram）有許多不同稱謂。有人稱他為石川圖（Ishikawa Diagram），因為這方法是日本品管大師石川馨（Kaoru Ishikawa）所創。也有人稱為因果圖（Cause-and-Effect Diagram），也可稱為樹狀圖（Tree Diagram），因為魚骨形狀與樹狀結構接近。然而，不論稱謂為何，魚骨圖都與問題解決思考流程脫不了關係，並且是一個簡單呈現結果與成因圖形表示法。魚骨圖的魚頭表示某一特定結果（或問題），而魚頭向右時，組成此魚身的大骨，即表示造成此結果之主要原因，支骨則表示次要原因。魚頭向左時，組成此魚身的大骨，即表示針對此問題之主要對策，支骨則表示次要解決辦法。能夠藉由魚骨圖全面檢視可能的原因，總結論點。

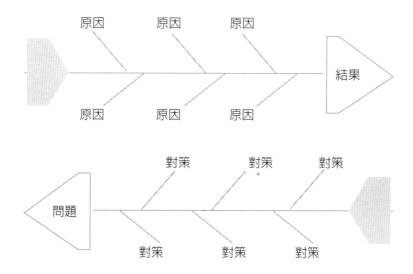

3. 泡泡圖

可以同時說明三種不同數據，能夠標示出關聯性，以適當的級距讓差異突顯出來。例如要顯示某活動參與的學生來自哪個學院、年級、人數，可同時在泡泡圖上呈現出結果。

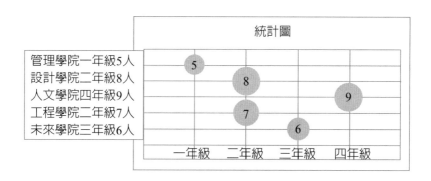

4. 長條圖

因數值不同而以不同高度的條狀圖示，可以明確地比較出數據之間的差異，尤其是有時間性的變因。可以醒目地呈現數值的差距，強化可讀性，可用在兩個數值的變化，而當中只有一個數值要比較的時候；比如月分（不需要比較）與參與人數（需要比較）。

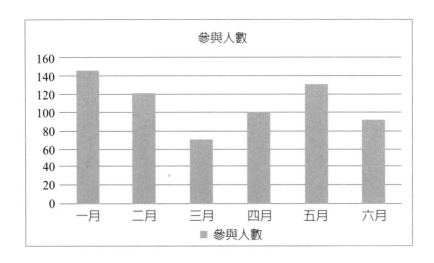

5. 圓餅圖

　　在圓形圖上區別大小區塊，廣泛運用於劃分比例、比較單項數據與整體比例的時機。以面積大小來顯示數據所佔的百分比，由於不容易藉由目視分辨體積大小，當數據的差異微小的時候，不容易從圖形分辨，要對照圖表旁的數據，所以最好加上數值標示，讀者需要一一檢視區塊數值，自行比對，比長條圖的辨識性差，但是需要反映某一部分占整體的百分比比重時，還是會以圓餅圖呈現。

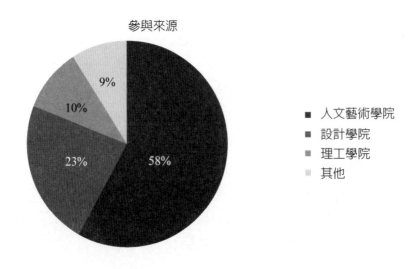

6. 雷達圖

　　當同時有多組數據綜合考量時，雷達圖是一種呈現的好方法。可以同時看出分布情況，並且也能對於兩組以上數據作比較。但是為了避免角度過大，看不出明確圖形，數據值少於六組比較恰當。

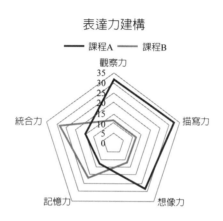

7. 流程圖

　　可顯示兩種資訊彼此之間如何相互影響及變動，搭配漸層顏色、箭頭方向，可說明一系列的步驟，或一連串的改變或趨勢，以及階段性的過程。

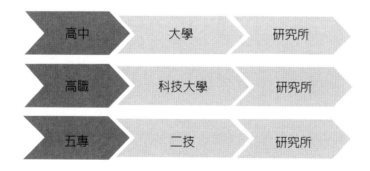

8. 看圖說故事

　　簡報不是主講者的小抄，而是扮演大綱或提要的角色，要避免放入大量文字，並且提供容易理解的輔助圖表，講者可以在簡報放上容易聯想的

圖示，集結相關圖片，扼要表述，再輔以依序說明來龍去脈，闡發概念。以類似四格漫畫的概念，配合現場的解說、肢體語言，組合成完整的說明，讓聽眾明白內容，並且留下深刻印象。

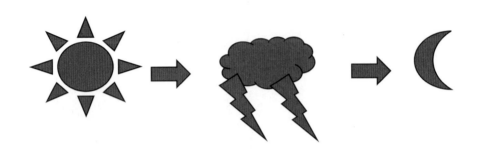

四、整理想法內容分類

　　簡報的內容架構，可以從方法論及資料形式來考慮，以下介紹歸納法、演繹法以及理性客觀、感性直觀的資料形式。

㈠歸納法與演繹法

　　內容的呈現，可以從邏輯上劃分為歸納法或演繹法。歸納法是從資料面著手，藉由整理、比對、分析，從資料本身歸納出總結，從事實到結論，有充分的證據顯示出論點，支持主講人的主張。演繹法則是從結論開始，由現有的資料檢視如何支撐、推導出結論。當需要為某個問題提出解決方案，推測問題形成原因的時候，都可以加以運用。

　　歸納法：資料—論述—主張。為某一特定目標蒐集資料，當目標確定，針對目標蒐集相關資料，再經過仔細觀察、正確合理的解釋，於整理的過程中將資料系統化，形成結論。

　　演繹法：論述—資料—主張。以某一論點或想法為基準，找出各種事實論證此論點或想法是正確的。

論述 ⇨ 資料 ⇨ 主張

㈡理性與感性

理性客觀的資料形式，例如有關數據、分析、統計、分布、走勢、進程，選用適當的版型，搭配線性圖表，比較圖、對照圖、組織圖、區域劃分圖；提供聽眾理解。

感性直觀的資料形式，例如有關藝術人文、風格、理念、人物、情節、意象、主視覺、元素應用，選用適當的色彩，發散式心智圖、時空發展地圖、形象布置來表述；提供聽眾對於內容或意義的聯想，更容易進入簡報內容。

㈢並列比較

無論哪一種類型的資料內容，當同時有多個項目的時候，並列比較一系列的選擇，不同的解決方案，從各個優缺點的分析，判斷接下來可能採取的步驟，都是很明確的表現方式，讓聽眾能夠很快進入狀況，抓住重點。

五、輔助

簡報內容可以利用圖片、圖像、表格等靜態的輔助加以說明，除此以外，還有一些可以同時運用幫助理解，提升興趣，加深印象的方式

㈠相關音樂

符合內容或單純背景。若有明確相關，可援引以加深印象，加強傳遞。例如節慶音樂、小說改編成電影的配樂、符合氣氛或場景的代表音樂。如果是介紹傳統文化活動，便可以運用管弦絲竹等國樂器演奏曲目，如果介紹日本工藝技術，便可以運用日文歌曲。

㈡影像檔

　　影像檔可以用於動態演示，可以有相當具體的效果。也可以是例證、再次說明、類比、模擬的好方法，讓聽眾有深刻而明確的印象。素材來源由Youtube搜尋、自行拍攝錄製皆可，以超連結方式與影像檔案連結，由主講者在適當時機，於解說頁面點選播放。

㈢互動設計

　　時間較長的簡報，設計小活動與聽眾互動，引起關注，增加趣味性或加深印象。例如不定時在頁面上出現的圖案，約定當圖案出現時，對應的舉措（舉手、積分……等）。或是簡報顯示操作說明及圖片，主講者現場示範操作，聽眾也一併動手體驗。

六、最後整合

　　主講者應該扮演的角色是提供有用的資訊給聽眾，利用數字、圖表輔助說明。但是如果只單純提供資料，會讓聽眾覺得枯燥無味，自己看資料也可以，不需要聽取簡報。所以主講者能夠引發興趣，產生期待是很重要的，而且能夠雙向交流的一場簡報，會比主講者單方面傳達訊息更有說服力。

　　重點的歸納會是簡報的精髓，聽眾沒有耐心從簡報中自行擷取重點，應該由主講者提供。舉出實際的例證或是有明確的比較基準是個有效率的好辦法，使用的資料記得要註明出處，這樣完成的簡報便有機會成功說服聽眾。

㈠結論

　　結論會是讓聽眾理解這份簡報的最後機會，確認表達的內容沒有遺漏，確認重點訊息，文字精準沒有含混或前後不一，每個部分都與整體目標一致、流暢連貫，首尾呼應而且沒有闕漏重要的資料。在簡報的尾聲作重點摘要，重新回顧重點報告，可以加深聽眾的印象，當然，這裡的重點回顧不能與前面的簡報有違背不同之處。

㈡小提醒

　　避免過小的字體、或容易混淆的字樣顏色及背景。製作簡報的時候，電腦螢幕上的呈現會與現場的呈現有所落差，因此選用的顏色對比要比較強烈明顯。不可直接把要說的話貼上簡報，簡報的概念是大綱、關鍵字，不是讓主講者照著唸。有些同學執著於要有花俏的動畫翻頁，實際上有時只會顯得雜亂，分散聽眾注意力，簡報內容充實，形式上乾淨俐落而美觀，比那些花俏的手法重要。

　　主講時態度正式有禮貌而不嘻皮笑臉，說話的速度適當，音量足夠，咬字清楚，減少不必要的發語詞，不要重複相同的詞句，避免口頭禪的出現。錄下聲音、觀察自己的影像，作為事前的練習，以免臨場緊張，在臺上手足無措。適時運用肢體語言、手勢、表情。不要對著螢幕說話，避免背對聽眾，也不要緊盯著螢幕，這顯示出對簡報內容不熟悉，也是對聽眾的不尊重。

　　事前認真準備簡報，熟悉內容，確認簡報內容邏輯、數據、例證的正確性。檔案預先做額外備份，運用不同載具儲存與攜帶，以免硬體的突發狀況。確認儀器的操作方式，如果主講者不是自己操作，應該要與操作人員事先演練，培養默契。

七、範例

㈠

（一）設所宗旨

• 以資訊科技為工具，將中文、資訊，以及設計三大領域融為一爐之跨科際整合的應用研究所。尤其「以台灣漢學為基礎，以傳統漢學來紮根，進而以國際漢學跳躍世界舞台。」並將此研究成果應用數位典藏的技術，做永久性典藏與延續，透過網際網路無遠弗屆的傳送世界各地，與大家分享，使漢學研究全球化，中華文化普及世界各地。

初學者常見的做法就是把文字資料全部複製貼上，如此一來簡報頁面被文字佔滿，聽眾找不到重點，畫面等同主講者的放大講稿，是給主講者看而不是幫助聽眾理解。

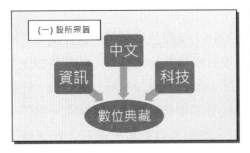

比較適當的方式，是摘取關鍵字，可配合相關圖示加以強化概念，主講者口頭說明細節、前因後果、相互關聯之處。

項目之間有基礎與發展、前導與後續的對應關係時，可以運用相關的圖形，輔助關鍵文字，幫助理解。這就是以圖像來強化表達的視覺輔助。

(二)

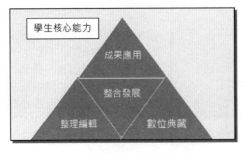

標題與子項目的列舉，雖然意義上不像第一個範例完全複製文字，但是過多的內容塞在一個頁面，過於擁擠，也會造成聽眾的壓迫感。

改進的方式，可以將分量過多的文字內容分割成兩個頁面，並且依照項目中的關聯，選擇合適的圖形，摘取關鍵字。

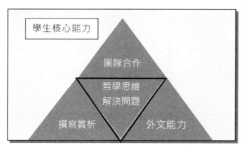

如果其中有需要特別強調的部分，還可以運用加上粗體線條或粗體文字的方式來區別。

(三)

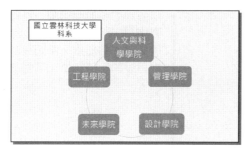

簡報軟體可以很方便地加入圖形、圖片、表格，但是直接將表格複製貼上，並不是正確的使用方式，其實沒有辦法達到一目了然的作用。

可以先將主要項目作統整說明，架構綱要，以下再分別依序介紹子項目。

子項目的列舉，除了表格形式，也可以有不同的條列變化方式。

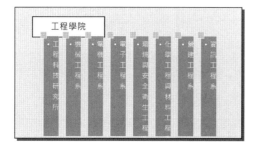

塊狀的顯示，也是一種變化

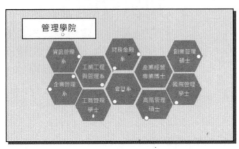

蜂巢狀的編排，適合並列的項目，畫面顯示較為活潑

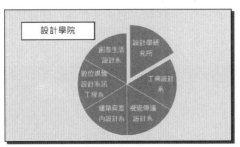

當個別的子項目組成一整體，若要強調或突出其中一項時，可採用基本圓形圖，例如設計學院中有設置一研究所，其餘為大學部。

單一項目的內容，仍然可以運用圖形使畫面較為靈活不單調。

練習題

1. 根據系所特色製作一份介紹簡報，讓大家認識你的系所。
2. 請找一個故事，將內容與解析製作成簡報。
3. 請找一個城鎮，將地方文化與歷史及特色製作成簡報加以介紹。
4. 若已完成企劃書的學習，請根據企劃內容製作一份簡報。

第六章
公文

張美娟

壹、概述

　　一般而言，處理公共事務的文書，便稱之為「公文」。公文共分六種，有「令」、「呈」、「咨」、「函」、「公告」及「其他」。「其他」類型公文包括：開會通知單、報告、書函、簽等，最常見到與使用的「其他」類型公文，是「書函」與「簽」。

　　究竟需選用那種公文類型，需根據處理公務情境的需要。如：

　　「令」則在公布法規或人事命令時使用；
　　「呈」使用於對國家元首有所呈請之時；
　　「咨」則用於總統與立法院公文往來之時；
　　「函」則是處理公務時使用最為頻繁的公文。
　　「公告」則是公家機關向民眾宣布廣為周知之事時使用。
　　「其他」類型公文中常見的「書函」，性質用途類似「函」，但沒有「函」公文之正式。另外，常使用到的「其他」類型的公文，還包括「簽」。

　　由以上可知，公文種類相當多樣，本文將筆墨，集中於同學將來可能使用與接觸較多的「簽」與「函」、「書函」三種公文類型上。介紹這三種類型公文的特性、功能及撰寫模式、注意事項。

一、「簽」

　　一般應用文書籍中，對於「公文」的介紹，總是先作定義，然後列

出格式範例。不過,我們或許可以來個翻轉,在介紹「簽」公文時,不急著概述「簽」的定義、特性與功能,而是先看一下正式「簽」公文,究竟是什麼模樣?討論、解讀一下,在真實生活的「簽」公文中,你看到了什麼?

　　假想你是一位寫應用文教科書的作者,你會從生活中「簽」公文的觀察,指出「簽」公文具有那些特徵與功能呢?

國立○○科技大學(圖示一)　簽(圖示二)

地址:64002雲林縣斗六市大學路3段123號

承辦人:○○○

電子信箱:○@yuntech.edu.tw(圖示三)

中華民國103年3月13日(圖示四)

簽於　○○研究所(圖示五)

主旨:職擬○年○月○日至○月○日申請育嬰留職停薪,請　核
　　　示。

說明:

　一、職於○年○月○日生產一名女嬰,其出生證明書如附件1(圖
　　　示六)。

　二、職之配偶在職證明如附件2。

擬辦:

奉　　　核後,擬依教師育嬰留職停薪規定辦理相關手續(圖示
七)。

會簽:人事室(圖示八)

第　　　　層決行（圖示九）			
承辦單位	會辦單位	核稿人員	決行

㈠「簽」公文是承辦人就所職掌之事，對上級機關進行請示、建議、陳述之用。

從以上生活中的「簽」公文，可以看出：公文承辦人因生育小孩，擬申請育嬰假，所以對上級長官進行請示。

從這樣的「簽」公文，可以看出「簽」公文用於承辦人向上級報告其請求、建議之事，除供上級了解事件後，並請上級做最後之裁決。

其實，一般來說，「簽」可分成兩種類型：

一種是，機關內部單位的「簽辦案件」，如以上案例即屬此類型。這將依照分層授權規定核決，簽文最後不必表明陳上某長官字樣。

第二種是，下級機關首長對直屬機關上級首長的「簽」，需用「敬陳某某長官」字樣在簽文的最後。

另外，有關「簽」的款式，可分成三大不同形式的簽擬：

1. 先簽後稿，「簽」需按「主旨」、「說明」、「擬辦」三段式辦理撰寫。
2. 簽稿併陳，需視情形使用，如案情簡單，可使用便條紙，不分段，以條列式簽擬。
3. 案情簡單或一般存參之公文，得於原來公文件上的空白處作簽擬。

㈡「簽」公文與一般公文製作一樣，應寫上「發文機關全
銜」，接著寫上「文別」（「公文類別」）

　　如上文（圖示一）的「國立○○科技大學」、（圖示二）的「簽」。

㈢「簽」公文需寫上公文承辦人的「地址」、「名字」及
「聯絡方式」，其中「聯絡方式」可寫上「電話、傳真、
e-mail」。

　　如上文（圖示三）的地址、承辦人、電子信箱。

㈣「簽」公文需寫上「發文的日期」，並註明在哪個單位寫這
份「簽」的，也就是「簽於○○處」。

　　如上文（圖示四）與上文（圖示五）。

㈤一般「簽」的公文，可分成「主旨」、「說明」、「擬辦」
三段式進行撰寫。

㈥「主旨」部分，乃以最精簡的文字，敘述寫這份「簽」的目
的。

㈦「簽」公文的「說明」階段，需根據「主旨」部分的主要目
的，對事件之來龍去脈進行說明

　　並最好使用條列式進行說明，以讓繁忙公務的上級長官，能在最短時
間內，就能瞭解該請示之案件的始末，並做最好的裁決。同時，需注意的
是，所有的說明，都必須有憑有證，需證明的部分，就必須附上相關文件
證明。如上文（圖示六）。

㈧「簽」公文的「擬辦」部分，公文撰寫者需根據撰寫本公文
的主旨目的，具體地提出達成該主旨目的、或解決該事件問
題的方案。

　　以申請育嬰留職停薪而言，就必須指出一旦上級長官核可後，如何具
體申請育嬰假。如上文（圖示七）。

㈨「會簽」，是指「簽」公文在呈給長官核示之前，會請相關單位瞭解該事件，並提供相關意見或辦理相關之事宜。

　　「會簽」位置，一律置於該「簽」公文之最後一行。如上文（圖示八）。

㈩「第　層決行」的欄位中，若是由該公家機關最高長官決行，便是第一層決行。

　　如上文（圖示九）。

㊀「第　　層決行」的欄位下分為「承辦單位」、「會辦單位」、「核稿人員」、「決行」。

　　得依法分層蓋章。

二、「函」

　　行政機關的公文，多使用「函」。這裡的「函」，非指私人間通信用的「信函」，而是指「辦理公務」時使用的「函件」，亦即所謂的「公函」。

　　現行公文程式條例表示，「函」是「各機關公文往復，或人民和機關間之申請或答覆時用之。」

　　「函」的使用範圍很廣，行政院訂頒《文書處理手冊》指出：「各機關處理公務有下列情形之一時使用：⑴上級機關對所屬下級機關有所指示、交辦、批覆時。⑵下級機關對上級機關有所請求或報告時。⑶同級機關或不相隸屬機關間行文時。⑷民眾與機關間之申請或答覆時。」也就是，使用「函」的雙方，可以是同級機關或團體，也可以是不相隸屬的機關或團體。

　　公文分「主旨」、「說明」、「辦法」三段式。若公文用「主旨」一段，就可表達清楚，便使用一段即可。撰寫時，需達及「簡淺明確」之境。「函」標準格式如下：

檔　號：

保存年限：

○○○○○○（機關名稱）　函（文別）

機關地址：○○市○○區○○路○○號○樓

聯絡方式：○○-○○○○○○○○

受文者：

發文日期：中華民國○○年○○月○○日

發文字號：○○○字第0000000000號

速別：

密等級解密條件或保密期限：

附件：

主旨：（說明行文目的與期望）。

說明：

　　一、（說明事實、來源或理由）。

　　二、………………………………………………。

辦法：

　　一、

　　二、

正本：

副本：

○長　○　○　○（簽字章）

　　「函」公文各段處理的要領大略如下：

㈠ 主旨：為全文精要，以說明行文目的，應求具體簡要。

㈡ 說明：當案情必須就事實來龍去脈或原因作詳細敘述，卻無法於「主旨」部分詳加描寫時，則用本段說明。但本段不宜作長篇論述，而以逐項列舉為宜，並在各項前加上數字碼。若分項條列內容太過複雜，宜採表格呈現時，則應編列為附件。本段段名，可因公文內容之需，而改成「經過」、「原因」等其他名稱。

㈢ 辦法：向受文者提出的具體作為、請求之時，若無法在「主旨」部分加以陳述時，用本段列舉。各項依次需加上數字碼。本段段名，可因應公文內容，而改成「建議」、「請求」、「擬辦」、「核示事項」等其他名稱。

　　依據現行〈公文程式條例〉，一般機關文書往來都以「函」公文為主，不過仍有上行、平行、下行分別。在寫上行公文，語氣宜謙卑慎重；在寫下行公文，語氣宜平和，在寫平行公文，語氣則不卑不亢。這是因為，公文是實用文體，其寫作方法，需依照公文類型及內容而定，所以寫作上用語、語氣需隨類型之內容而有所變通。總之，撰寫公文之際，需認清收受公文者雙方關係，謹慎用語，運用恰當的語氣表達。尤其在案情的建議、分析或判決上，需合情、合理與合法。

　　另外，以上「函」標準格式還須注意的，有以下幾點：

1. 機關名稱及文別

　　「機關名稱」是指發出公文的機關的名稱，也就是發出這公文的機關主體。「機關名稱」不可用簡稱。「文別」是指公文的類別，像簽、函等。

2. 機關地址及聯絡方式

　　為了方便收發機關與民眾之間能方便聯絡，現行公文均會在機關名稱及文別下，加上機關地址及聯絡方式。

3. 受文者

　　「受文者」是指接受公文的個人或機關，受文機關同樣需用全銜；個人則書寫姓名。有些公文在「受文者」上方，會寫上郵遞區號與住址，

主要是因為這些公文，是採取開窗式信封，所以就寫上郵寄相關的相關資料，以方便郵件寄送。

4. 發文日期及字號

「發文日期」是指，公文發出的日期，這也代表著公文何時開始生效，需明顯寫上國曆年、月、日，以為法律時效的根據。「發文字號」是指對該公文進行號碼的編列。

5. 速別

「速別」是指，希望受文對象對於該公文辦理的速度，一般而言，可分成「最速件」、「速件」與「普通件」。

6. 密等

「密等」是指有些公文具機密性，在該公文製作、傳送與保管過程中，不容許與之無關的人接觸，因此會設定幾種保密的等級，像「絕對機密」、「極機密」、「機密」與「密」等。至於保密期限及解密條件，則視實際情況，在「密等」之後標示。非機密的公文，則不用填寫。

7. 附件

「附件」是指公文的附屬文件。若有附件，需在本文或附件欄位上註明。

三、「書函」

「書函」主要是用於公務未決定的階段。此時公務若需磋商或徵詢、通知，均可使用之。「書函」的結構比照「函」公文。

比較來說，「書函」比「函」公文的適用範圍更為廣泛。但它的性質不如「函」的正式。「書函」可以說代替了過去的備忘錄、便函、簡便行文表等。只要是答覆簡單的案情，或是寄送普通的文件、書刊等，或是一般的聯繫、查詢等事項，均可使用之。

茲將「公文程式條例」、「公文用語表」、「法律統一用字表」、「法律統一用語表」、「標點符號用法表」與「數字用法舉例一覽表」詳列如下，以供讀者寫作之參考。

【公文程式條例】

中華民國17年11月15日國民政府制定公布全文6條
中華民國41年11月21日總統令修正公布全文10條
中華民國61年1月25日總統令修正公布全文14條
中華民國62年11月3日總統令修正公布第2、3條條文
中華民國82年2月3日總統（82）華總（一）義字第0449號令修正公布
第2、3條條文；並增訂第12-1條條文
中華民國93年5月19日總統華總一義字第09300094171號令修正公布第
7、13、14條條文：本條例修正文第7條施行日期，由行政院以命令定之
中華民國93年6月14日行政院院臺祕字第0930086166號令發布第7調定
自94年1月1日施行
中華民國96年3月21日總統華總一義字第09600034571號令修正公布第2
條條文

第 1 條　稱公文者，謂處理公務之文書；其程式，除法律別有規定
　　　　　外，依本條例之規定辦理。

第 2 條　公文程式之類別如左：
　　　　　一、令：公布法律、任免、獎懲官員，總統、軍事機關、
　　　　　　　部隊發布命令時用之。
　　　　　二、呈：對總統有所呈請或報告時用之。
　　　　　三、咨：總統與國民大會、立法院、監察院公文往復時用
　　　　　　　之。
　　　　　四、函：各機關公文往復，或人民與機關間之申請與答覆
　　　　　　　時用之。
　　　　　五、公告：各機關對公眾有所宣布時用之。
　　　　　六、其他公文。
　　　　　前項各款之公文，必要時得以電報、電報交換、電傳文
　　　　　件、傳真或其他電子文件行之。

第　3　條　機關公文，視其性質，分別依照左列各款，蓋用印信或簽署：
　　　　　一、蓋用機關印信，並由機關首長署名，蓋職章或蓋簽字章。
　　　　　二、不蓋用機關印信，僅由機關首長署名，蓋職章或蓋簽字章。
　　　　　三、僅蓋用機關印信。
　　　　　機關公文法應副署者，由副署人副署之。
　　　　　機關內部單位處理公務，基於授權對外行文時，由該單位主管署名、蓋職章；其效力與蓋用該機關印信之公文同。
　　　　　機關公文蓋用印信或簽署及授權辦法，除總統府及五院自行訂定外，由各機關依其實際業務自行擬訂，函請上級機關核定之。
　　　　　機關公文以電報、電報交換、電傳文件或其他電子文件行之者，得不蓋用印信或簽署。
第　4　條　機關首長出缺由代理人代理首長職務時，其機關公文應由首長署名者，由代理人署名。
　　　　　機關首長因故不能視事，由代理人代行首長職務時，其機關公文，除署首長姓名註明不能視事事由外，應由代行人附署職銜、姓名於後，並加註代行二字。
　　　　　機關內部單位基於授權行文得比照前二項之規定辦理。
第　5　條　人民之申請函，應署名、蓋章，並註明性別、年齡、職業及住址。
第　6　條　公文應記明國曆年、月、日。
　　　　　機關公文，應記明發文字號。
第　7　條　公文得分段敘述，冠以數字，採由左而右之橫行格式。
第　8　條　公文文字應簡淺明確，並加具標點符號。
第　9　條　公文，除應分行者外，並得以副本抄送有關機關或人民；收受副本者，應視副本之內容為適當之處理。

第 10 條　公文之附屬文件為附件，附件在二種以上時，應冠以數字。

第 11 條　在二頁以上時，應於騎縫處加蓋章戳。

第 12 條　應保守祕密之公文，其制作、傳遞、保管，均應以密件處理之。

第12-1條　機關公文以電報交換、電傳文件、傳真或其他電子文件行之者，其制作、傳遞、保管、防偽及保密辦法，由行政院統一訂定之。但各機關另有規定者，從其規定。

第 13 條　機關致送人民之公文，除法規另有規定外，依行政程序法有關送達之規定。

第 14 條　本條例自公布日施行。

　　　　　本條例修正條文第七條施行日期，由行政院以命令定之。

㈠公文用語表

類別	用語	適用範圍	備考
起首語	查、關於，謹查	適用。	「查」應盡量少用。
	制（訂）定、修正、廢止	公布法令用。	均為動詞。
	特任、特派、任命、派、茲派、茲聘、僱	任用人員用。	均為動詞。
稱謂語	鈞	有隸屬關係之下級機關對上級機關用之，如「鈞部、鈞府」。	1.直接稱謂時用之。 2.書寫「鈞」、「大」、「貴」、「鈞長」、「鈞座」時，鈞應空一格示敬。
	大	無隸屬關係之較低級機關對較高級機關用之，如「大部」、「大院」。	
	貴	有隸屬關係及無隸屬關係之上級機關對下級機關、或無隸屬關係之平行機關、或上級機關首長對下級機關首長、或機關與社團間用之，如「貴會」、「貴社」。	

類別	用語	適用範圍	備考
	鈞長、鈞座	屬員對長官、或有隸屬關係之下級機關首長對上級機關首長用之。	
	臺端	機關或首長對屬員、或機關對人民用之。	
	先生、君、女士	機關對人民用之。	
	本	機關學校社團或首長自稱、如「本縣」、「本校」、「本廳長」。	
	職	屬員對長官、或下級機關首長對上級機關首長自稱時用之。	
	本人、名字	人民對機關自稱時用之。	
	該、職稱	機關全銜如一再提及可稱「該」，對職員則稱「該員」或職稱。	間接稱謂時用之。
引述語	奉	接獲上級機關或首長公文，於引敘時用之。	「奉」、「准」、「據」等字盡量少用。
	准	接獲平行機關或首長公文，於引敘時用之。	
	據	接獲下級機關或首長或屬員或人民公文，於引敘時用之。	
	奉悉	接獲上級機關或首長公文，於開始引敘完畢時用之。	
	敬悉	接獲平行機關或首長公文，於開始引敘完畢時用之。	
	已悉	接獲下級機關或首長公文，於開始引敘完畢時用之。	
	復（來文年月日字號）……函	於復文時用之。	
	依照、根據……（來文機關發文年月日字號及文別）……辦理	於告知辦理之依據時用之。	

類別	用語	適用範圍	備考
	（發文年月日字號及文別）……諒察、鈞察	對上級機關發文後續函時用之。	
	（發文年月日字號及文別）……諒達、計達	對平行或下級機關發文後續函時用之。	
經辦語	遵經、遵即、遵查	對上級機關或首長用之。	需視案情及時間為適當之運用。
	業經、經已、均經、迭經、旋經、茲經、當經、爰經、即經、前經、並經、嗣經、歷經、續經、又經、復經、現經	通用。	
准駁語	應予照准、准予照辦、准予備查	上級機關對下級機關或首長用之。	
	未便照准、礙難照准、應毋庸議、應從緩議、應予不准、應予駁回	同上。	
	如擬、可、照准、准如所請、如擬辦理	機關首長對屬員或其所屬機關首長用之。	
	敬表同意、同意照辦	對平行機關表示同意時用之。	
	不能同意辦理、歉難同意、無法照辦、礙難同意	對平行機關表示不同意時用之。	
除外語	除……外、除……暨……外	通用。	如有副本、可盡量少用。
請示語	是否可行、是否有當、是否允當、可否之處、如何之處	通用。	「如何之處」有依賴上級設法解決之意，應盡量少用。
期望及目的語	請　鑑核、請　察核、請　核示、請　鑑察、請　備查、請核備	對上級機關或首長用之。	

類別	用語	適用範圍	備考
	請　查照、 請　查照辦理、 請　查核辦理、 請　查照見復、 請　查照辦理見復、 請　查照轉告、 請　查照備案、 請　查明見復	對平行機關用之。	
	希　查照、 希　查照轉告、 希　照辦、 希　辦理見復、 希　轉行照辦、 希　切實辦理	對下級機關用之。	今公文實務中，多將「希」字改為「請」。
抄送語	抄陳	對上級機關或首長用之。	
	抄送	對平行機關、單位或人員用之。	
	抄發	對下級機關或人員用之。	
附送語	附、附送、檢附、檢送	對平行及下級機關用之。	
	附陳、檢陳	對上級機關用之。	
結束語	謹呈	對總統簽用。	
	謹陳、敬陳、右陳	於簽末用。	
	此致、此上	於便簽用。	

㈡法律統一用字表

中華民國62年3月13日立法院（第1屆）第51會期第5次會議及第78會期第17次會議認可

用字舉例	統一用字	曾見用字	說明
公布、分布、頒布	布	佈	
徵兵、徵稅、稽徵	徵	征	
部分、身分	分	份	
帳、帳目、帳戶	帳	賬	

用字舉例	統一用字	曾見用字	說明
韮菜	韭	菲	
礦、礦物、礦藏	礦	鑛	
釐訂、釐定	釐	厘	
使館、領館、圖書館	館	舘	
穀、穀物	穀	谷	
行蹤、失蹤	蹤	踪	
妨礙、障礙、阻礙	礙	碍	
賸餘	賸	剩	
占、占有、獨占	占	佔	
牴觸	牴	抵	
雇員、雇主、雇工	雇	僱	名詞用「雇」
僱、僱用、聘僱	僱	雇	動詞用「僱」
贓物	贓	臟	
黏貼	黏	粘	
計畫	畫	劃	名詞用「畫」
策劃、規劃、擘劃	劃	畫	動詞用「劃」
蒐集	蒐	搜	
菸葉、菸酒	菸	煙	
儘先、儘量	儘	盡	
麻類、亞麻	麻	蔴	
電表、水表	表	錶	
擦刮	刮	括	
拆除	拆	撤	
磷、硫化磷	磷	燐	
貫徹	徹	澈	
澈底	澈	徹	
紙	紙	只	副詞
並	並	幷	連接詞

用字舉例	統一用字	曾見用字	說明
聲請	聲	申	對法院用「聲請」
申請	申	聲	對行政機關用「申請」
關於、對於	於	于	
給與	與	予	給與實物
給予、授予	予	與	給予名位、榮譽等抽象事物
紀錄	紀	記	名詞用「紀錄」
記錄	記	紀	動詞用「記錄」
事蹟、史蹟、遺蹟	蹟	跡	
蹤跡	跡	蹟	
糧食	糧	粮	
覆核	覆	複	
復查	復	複	
複驗	複	復	

(三)法律統一用語表

中華民國62年3月13日立法院（第1屆）第51會期第5次會議

統一用語	說明
「設」機關	如：「教育部組織法」第四條：「教育部設左列各司、處……」。
「置」人員	如：「司法院組織法」第九條：「司法院置祕書長一人……」。
「第九十八條」	不寫為：「第九八條」。
「第一百條」	不寫為：「第一○○條」。
「第一百十八條」	不寫為：「第一百『一』十八條」。
「自公布日施行」	不寫為：「自公『佈』『之』日施行」。
「處」五年以下有期徒刑	自由刑之處分，用「處」，不用「科」。
「科」五千元以下罰金	罰金用「科」不用「處」，且不寫為：「科五千元以下『之』罰金」。

統一用語	說明
「處」五千元以下罰鍰	罰鍰用「處」不用「科」,且不寫為:「處五千元以下『之』罰金」。
準用「第○條」之規定	法律條文中,引用本法其他條文時,不寫「『本法』第○條」,而逕書「第○條」。如:「違反第二十條規定者,科五千元以下罰金」。
「第二項」之末逐犯罰之	法律條文中,引用本條其他各項規定時,不寫「『本條』第○項」而逕書「第○項」。如刑法第三十七條第四項「依第一項宣告褫奪公權者,自裁判決確定時發生效力。」。
「制定」與「訂定」	法律之創制,用「制定」;行政命令之制作,用「訂定」。
「製訂」與「製作」	書、表、證照、冊、據等,公文書之製成用「製訂」或「製作」,即用「製」不用「制」。
「一、二、三、四、五、六、七、八、九、十、百、千」	法律條文中之序數不用大寫,即不寫為:「壹、貳、參、肆、伍、陸、柒、捌、玖、拾、佰、仟」。
「零、萬」	法律條文中之數字「零、萬」不寫為:「○、万」。

㈣標點符號用法表

符號	名稱	用法	舉例
。	句號	用在一個意義完整文句的後面。	公告○○商店負責人張三營業地址變更。
,	逗號	用在文句中要讀斷的地方。	本工程起點為仁愛路,終點為……
、	頓號	用在連用的單字、詞語、短句的中間。	1.建、什、田、旱等地目…… 2.河川地、耕地、特種林地等…… 3.不求報償、沒有保留、不計任何代價……
;	分號	用在下列文句的中間: 1.並列的短句。 2.聯立的複句。	1.知照改為查照;遵辦改為照辦;遵照具報改為辦理見復。 2.出國人員於返國後一個月內撰寫報告,向○○部報備;否則限制申請出國。

符號	名稱	用法	舉例
：	冒號	用在有下列情形的文句後面： 1.下文有列舉的人、事、物、時。 2.下文是引語時。 3.標題。 4.稱呼。	1.使用電話範圍如次：(1)…… (2)…… 2.接行政院函： 3.主旨： 4.○○部長：
？	問號	用在發問或懷疑文句的後面。	1.本要點何時開始正式實施為宜？ 2.此項計畫的可行性如何？
！	驚嘆號	用在表示感嘆、命令、請求、勸勉等文句的後面。	1.……又怎能達成這一為民造福的要求！ 2.希照辦！ 3.請鑑核！ 4.努力創造我們共同的事業、共同的榮譽！
「」 『』	引號	用在下列文句的後面，（先用單引，後用雙引）： 1.引用他人的詞語。 2.特別注重的詞語。	1.總統說：「天下只有能負責的人，才能有擔當。」 2.所謂「效率觀念」已經為我們所接納。
——	破折號	表示上下文語意有轉折或下文為上文的註釋。	1.各級人員一律禁止休假——即使已奉准有案的，也一律撤銷。 2.政府就好比是一部機器——一部為民服務的機器。
……	刪節號	用在文句有省略獲表示文意未完的地方。	憲法第58條規定，應將提出立法院的法律案、預算案……提出於行政院會議。
（）	夾註號	在文句內要補充意思或註釋時用的。	1.公文結構，採用「主旨」「說明」「辦法」（簽呈為「擬辦」）三段式。 2.臺灣光復節（10月25日）應舉行慶祝儀式。

㈤數字用法舉例一覽表（行政院93年9月增訂）

阿拉伯數字／中文數字	用語類別	用法舉例
阿拉伯數字	代號（碼）、國民身分證統一編號、編號、發文字號	ISBN 988-133-005-1、M234567890、附表（件）1、院臺祕字第0930086517號、臺79內字第095512號
	序號	第4屆第6會期、第1階段、第1優先、第2次、第3名、第4季、第5會議室、第6次會議紀錄、第7組
	日期、時間	民國93年7月8日、93年度、21世紀、公元2000年、7時50分、挑戰2008：國家發展重點計畫、520就職典禮、72水災、921大地震、911恐怖事件、228事件、38婦女節、延後3周辦理
	電話、傳真	（02）3356-6500
	郵遞區號、門牌號碼	100臺北市中正區忠孝東路1段2號3樓304室
	計量單位	150公分、35公斤、30度、2萬元、5角、35立方公尺、7.36公頃、土地1.5筆
	統計數據（如百分比、金額、人數、比數等）	80%、3.59%、6億3,944萬2,789元、639,442,789人、1：3
中文數字	描述性用語	一律、一致性、再一次、一再強調、一流大學、前一年、一分子、三大面向、四大施政主軸、一次補主、一個多元族群的社會、每一位同仁、一支部隊、一套規範、不二法門、三生有幸、新十大建設、國土三法、組織四法、零歲教育、核四廠、第一線上、第二專長、第三部門、公正第三人、第一夫人、三級制政府、國小三年級
	專有名詞（如地名、書名、人名、店名、頭銜等）	九九峰、三國演義、李四、五南書局、恩史瓦第三世
	慣用語（如星期、比例、概述、約數）	星期一、周一、正月初五、十分之一、三讀、三軍部隊、約三、四天、二三百架次、幾十萬分之一、七千餘人、二百多人

阿拉伯數字／中文數字	用語類別	用法舉例
阿拉伯數字	法規條項款目、編章節款目知統計數據	事務管理規則共分15編、415條條文
	法規內容知引敘或摘述	依兒童福利法第44條規定：「違反第2條第2項規定者，處新臺幣1千元以上3萬元以下罰鍰。」
		兒童出生後10日內，接生人如未將出生知相關資料通報戶政及衛生主管機關備查、依兒童福利法第44條，可處1千元以上、3萬元以下罰鍰。
中文數字	法規制訂、修正及廢止案之法制作業公文書（如令、函、法規草案總說明、條文對照表等）	1.行政院令：修正「事務管理規則」第一百十一條條文。 2.行政院函：修正「事務管理手冊」財產管理第五十點、第五十一點、第五十二點，並自中華民國九十三年二月十六日生效……。 3.「○○法」草案總說明：……爰擬具「○○法」草案，計五十一條。 4.關稅法施行細則部分條文修正草案條文對照表之「說明」欄–修正條文第十六條之說明：一、關稅法第十二條第一項計算關稅完稅價格附加比例已減為百分之五，本條第一項爰予配合修正。

貳、範例

一、簽

㈠簽公文作法舉例（機關內簽用）

<table>
<tr><td colspan="2" align="right">檔　號：
保存年限：</td></tr>
<tr><td>簽稿併陳
簽　　於　資訊管理處</td><td></td></tr>
</table>

主旨：辦理推動公文橫式書寫資訊作業研習營，簽請　　核示。

說明：

一、依據「公文橫式書寫資訊作業實施計畫」第5點實施方式暨推動時程之（三）辦理。

二、擬訂於93年7月14、15日假公文交換G2B2C服務中心辦理2場次研習營，如奉核可，擬函請各部會、縣市政府派員參加，謹附稿，敬請

核判

○○○（蓋章）

（日期及時間）

會辦單位：

第　　層決行		
承辦單位	會辦單位	決行

㈡簽公文作法舉例（下級機關首長對上級機關首長用）

簽　於（機關或單位）

主旨：○○部為亞洲開發銀行請撥付亞洲蔬菜研究發展中心補助新
　　　臺幣00元，擬准動支本年度第二預備金，簽請 核示。

說明：○○部函為○○銀行以亞洲開發銀行請自該行B帳戶我國繳付
　　　本國幣股本內支付亞洲蔬菜研究發展中心新臺幣00元，業已
　　　先行墊撥，上項亞洲蔬菜研究發展中心補助費，本年度未列
　　　預算，既由○○銀行墊付，請准在00年度第二預備金項下撥
　　　還歸墊。又本案事關涉外重要案件，特專案簽辦。

擬辦：擬准照○○部所請在本年度中央政府總預算第二預備金項下
　　　動支。

敬陳

副○長

○ 長

○○○（蓋 章）

（日期及時間）

會辦單位：

第　層決行		
承辦單位	會辦單位	決行

註記：簽署原則由左而右，由上而下簽。

二、函

(一)1段式函：

1.上行文：

(1)第一例

	檔　　號：
	保存年限：

○○大學董事會　函

地址：（郵遞區號）○○縣○鄉○路○號

承辦人：○○○先生

電話：00-0000-0000

傳真：00-0000-0000

100

臺北市中正區中山南路5號

受文者：教育部

發文日期：中華民國00年00月00日

發文字號：○○字第0000000000號

速別：

密等及解密條件或保密期限：

附件：

主旨：本校第5屆董事會第2次會議定於民國○○年○月○日（星期五）召開，請　核備。

正本：教育部

副本：本校董事會

董事長　○　○　○（蓋職章）

(2)第二例

檔　號：

保存年限：

行政院人事行政總處　函

地址：00000臺北市○○路000號

聯絡方式：（承辦人、電話、傳真、e-mail）

00000

臺北市○○區○○○路○段000號

受文者：行政院

發文日期：中華民國00年00月00日

發文字號：○○字第0000000000號

速別：普通件

密等及解密條件或保密期限：

附件：如主旨

主旨：為配合行政院組織改造，因應機關名稱及機關代碼異動，於院授權代擬代判事項沒有變更部分，申請異動發文代字號，並檢附申請表及附件各1式2份，請　鑑核。

正本：行政院

副本：

人事長○○○（蓋職章）

2. 平行文：

檔　　號：

保存年限：

○○科技大學　函

地址：(郵遞區號)○市○區○路○號

承辦人：○○○先生

電話：00-0000-0000

傳真：00-0000-0000

○○○

雲林縣○○市○○路○○號

受文者：雲林縣政府

發文日期：中華民國00年00月00日

發文字號：○○字第0000000000號

速別：

密等及解密條件或保密期限：

附件：見主旨

主旨：檢送本校夜間部學生林○○等5名離校緩徵原因消滅名冊1
　　　份，請　查照。

正本：雲林縣政府

副本：本校學務處生活輔導組

校長　○○○（蓋簽字章）

(二)2段式函：

1. 上行文：

檔　　號：

保存年限：

○○大學　函

地址：郵遞區號○縣○鄉○路○號

傳真：00-0000-0000

承辦人：○○○先生

電話：00-0000-0000

傳真：00-0000-0000

100

臺北市中正區中山南路5號

受文者：教育部

發文日期：中華民國00年00月00日

發文字號：○○字第0000000000號

速別：

密等及解密條件或保密期限：

附件：隨文

主旨：檢陳考生指稱本校100年度研究所博士班招生條文對備取生不
　　　合理規定之覆函1份，復請　鑑察。

說明：

　一、依據　鈞部民國97年0月0日○字第0000000000號書函辦理。

　　二、該名投書考生係匿名且未留任何通訊資料，本校僅能以電子
　　　　郵件方式函覆。

正本：教育部
副本：本校教務處招生組

校長　○　○　○（蓋職章）

2. 下行文：
(1)第一例

檔　　號：
保存年限：

教育部　函

地址：臺北市中山南路5號
傳真：02-2397-6939

○○○
○○縣○○鄉○○路00號
受文者：○○科技大學

發文日期：中華民國00年00月00日
發文字號：○○字第0000000000號
速別：
密等及解密條件或保密期限：
附件：

主旨：所報　貴校向○○銀行借貸短期週轉金新臺幣○○元整，以
　　　支付暑假薪資乙案，同意備查。

說明：復　貴校00年.00月00日○字第0000000000號函。

正本：○○科技大學

副本：技職司

部長　○○○（蓋簽字章）

(2) 第二例

檔　　號：

保存年限：

臺北市政府　函

00000

地址：00000臺北市○○路000號

聯絡方式：（承辦人、電話、傳真、e-mail）

臺北市○○區○○○路○段000號

受文者：臺北市政府工務局

發文日期：中華民國00年00月00日

發文字號：○○字第0000000000號

速別：最速件

密等及解密條件或保密期限：

附件：

主旨：「臺北市環境美化會報設置要點」自00年00月00日廢止，請
　　　查照。

說明：依據本府人事處案陳貴局00年00月00日○○字第0000000000
　　　號函辦理。

正本：臺北市政府工務局

副本：臺北市政府工務局公園路燈管理處

市長　○○○

3. 平行文：

⑴第一例

○○科技大學　函

地址：郵遞區號○縣○○鄉○路○號

承辦人：○○○小姐

電話：00-0000-0000轉0000

傳真：00-0000-0000

○○○

○○縣○○鎮○○路00號

受文者：財政部臺灣省○區國稅局○○縣分局

發文日期：中華民國93年6月1日

發文字號：○○字第0930000000號

速別：

密等及解密條件或保密期限：

附件：

主旨：為增進本校○○系學生深入了解稅務稽徵實務，請　惠允提
　　　供若干實習名額並賜復。

説明：實習時間如左
　　　　第1梯次：自民國93年7月1日起至同月31日止。
　　　　第2梯次：自民國93年8月1日起至同月31日止。

正本：財政部臺灣省○區國稅局○○縣分局
副本：本校○○系

校長　○○○（蓋簽字章）

(2)第二例

檔　號：
保存年限：

行政院　函

地址：00000臺北市○○路000號
聯絡方式：（承辦人、電話、傳真、e-mail）

00000
臺北市○○區○○○路○段000號
受文者：立法院

發文日期：中華民國00年00月00日
發文字號：○○字第0000000000號
速別：最速件
密等及解密條件或保密期限：
附件：如文

主旨：函送「公文程式條例」第○條、第○條、第○條修正草案及
　　　「中央法規標準法」第○條修正草案，請查照審議。

說明：

一、鑑於國際間交往日愈密切，文書資料來往頻繁，歐美文字都是由左而右橫式排列，國內目前直式書寫如遇引用外文或阿拉伯數字時，往往形成扞格。為與國際接軌，並兼顧電腦作業平臺屬性，使公文制作更具便利性，進而提升公文處理效率，爰擬具「公文程式條例」第○條、第○條、第○條修正草案及「中央法規標準法」第○條修正草案。

二、經提本（00）年00月00日本院第0000次會議決議：「通過，送請立法院審議。」

三、檢送「公文程式條例」第○條、第○條、第○條修正草案及「中央法規標準法」第○條修正草案條文對照表（含總說明）1份。

正本：立法院

副本：

院長　　○○○

(3) 第三例

臺北市進出口商業同業公會　函

地址：臺北市松江路○○號

聯絡方式：02-0000-0000

承辦人：張○○　小姐

受文者：蔡委員○○

發文日期：中華民國○○年○○月○○日

發文字號：貿勝業字第0000000000號

速別：最速件

密等級解密條件或保密期限：

附件：

主旨：敦聘 臺端擔任「第○屆國際貿易大會考」監試委員，請
惠允。

說明：

一、臺灣省進出口商業同業公會聯合會、高雄市進出口商業同業
公會與本會等訂於本（○○）年○○月○○日上午舉辦「第
○屆國際貿易大會考」，以利貿易業人才聘用。

二、素仰 臺端熱心公眾事務，敬邀擔任「第○屆國際貿易大
會考」監試委員，處理試場相關試務工作。

三、請於是日上午○○點○○分以前抵達考場參加講習會，並請
攜帶個人私章，於考後協助在考生之准考證上蓋章證明其確
實出席應考。

正本：蔡委員○○

副本：

理事長 ○○○（簽字章）

㈢ 3段式函：

1. 上行文：

檔 號：

保存年限：

內政部 函

地址：100臺北市○區○路○號

承辦人：○○○小姐

電話：00-0000-0000轉0000

傳真：00-0000-0000

100

臺北市○○區○○路00號

受文者：行政院

發文日期：中華民國00年00月00日

發文字號：○○字第0000000000號

速別：

密等及解密條件或保密期限：

附件：

主旨：為本部辦理臺南市地籍航測試驗，改定試驗區範圍，並簡化
　　　本案經費處理，請　核示。

說明：

　　一、本部為辦理地籍圖航空重測，經訂定試驗區計畫報院，並
　　　　電話洽准　　鈞院研考會答覆：「本案原則上照部擬計畫辦
　　　　理，即可核定。」已於○○月○○日開始依照進度辦理講
　　　　習、調查地籍及佈設航測標等工作中。

　　二、若干對測量素有研究人士反映：

　　　　㈠鑑於外國實例：都市地區高層建築物林立，以航測方式辦
　　　　　理測量，頗有困難。

　　　　㈡建議本案試驗區可盡量包括：建、什、田、旱等各種地
　　　　　目，以擷取工作經驗。

　　三、本案委由成功大學工學院承攬，因工學院無專門會計人員，
　　　　如依一般規定辦理，經費報銷將有困難。

擬辦：

一、在不變更試辦面積的原則下，將試驗區改定於臺南市西區鹽埕段一帶（即東自逢甲路起，西至大德街止，南至健康路西段都市計畫預定道路起，北至鹽埕段五德街止）。

二、與成功大學工學院簽訂委託契約書，約定所需經費由本部補助。

正本：行政院

副本：行政院研考會、行政院主計處、國立成功大學工學院、本部地政司、會計處

部長　○○○（蓋職章）

2. 下行文：

檔　號：

保存年限：

行政院　函

地址：100臺北市○區○路○號

承辦人：○○○小姐

電話：00-0000-0000轉0000

傳真：00-0000-0000

100

臺北市○○區○○路00號

受文者：內政部

發文日期：中華民國00年00月00日

發文字號：○○字第0000000000號

速別：

密等及解密條件或保密期限：

附件：

主旨： 核覆有關於中華民國社區發展研究訓練中心今後工作計畫重
點及○年度預算一案，希照辦。

說明： 本案係根據貴部00年00月00日○字第0000000000號函，並採
納本院主計處及國際經濟合作發展委員會議復意見。

辦法：

一、所擬社區發展研究訓練中心今後工作計畫重點五項，原則照
准，但應加列「評估現行社區發展方案得失，以謀改進」一
項。

二、應由貴部衡酌財力，就上列重點研擬詳細計畫報院，並就所
需經費核實編列分配預算，其可節減部分應不予分配。

正本：內政部

副本：本院主計處、國際經濟合作發展委員會

院長　○○○（蓋簽字章）

3. 平行文：

檔　　號：

保存年限：

○○市政府教育局　函

地址：100臺北市○區○路○號

承辦人：○○○小姐

電話：00-0000-0000轉0000

傳真：00-0000-0000

100

臺北市○○區○○路00號

受文者：本府警察局

發文日期：中華民國00年00月00日

發文字號：○○字第0000000000號

速別：

密等及解密條件或保密期限：

附件：隨文

主旨：請　　貴局對各級學校周圍販售色情、暴力刊物之書店、賭博性電動玩具店及學生吸食違禁物等嚴加取締，以有效遏止青少年犯罪事件發生，請　查照。

說明：

一、奉本市政府民國00年00月00日府祕字第0000000000號函辦理。

二、青少年正處於身心發展階段，容易受外在不良影響而染上惡習；少數不肖業者針對青少年學生好奇心理，在學校周圍販售色情、暴力刊物，經營電動玩具店；且於會同衛生局抽查若干學校學生之尿液，亦發現有少數吸食安非他命之反應，對學生身心健康及發展，實有極端不良之影響，理應速謀有效方法加以解決。

辦法：

一、請通知所屬分駐（派出）所加強取締本市各級學校四周販售違禁刊物之書店及電動玩具店。

二、請派員會同校外會組成巡邏小組，於每日各級學校上、放學期間，加強學校四周之巡邏，防止學生在不良場所逗留。

三、如查獲吸食或持有違禁品之在學學生，請逕行通知學校並副知本局。

四、檢附本市各校曾有逃家、逃學紀錄學生名冊1份，請　貴局少年隊及少輔會專案追蹤輔導。

正本：本府警察局

副本：本局第二、三科

局長　○○○（蓋簽字章）

(四)函稿蓋章戳

檔　　號：

保存年限：

行政院　函（稿）

地址：000臺北市○○路000號

聯絡方式：（承辦人、電話、傳真、e-mail）

受文者：

發文日期：中華民國○○年○○月○○日

發文字號：○○○字第0000000000號

速別：最速件

密等級解密條件或保密期限：

附件：

主旨：為杜流弊，節省公帑，各項營繕工程，應依法公開招標，並不得變更設計及追加預算，請 轉知所屬機關學校照辦。

說明：

一、依本院○○年○○月○○日第○○次會議決議辦理。

二、據查目前各級機關學校對營繕工程仍有未按規定公開招標之情事，或施工期間變更原設計，以及一再請求追加預算，致弊端叢生，浪費公帑。

辦法：

一、各機關學校對營繕工程應依法公開招標，並按「政府採購法」及相關法令辦理。

二、各單位之工程應將施工圖、設計圖、契約書、結構圖、會議紀錄等工程資料，報請上級單位審核，非經核准，不得變更原設計及追加預算。

正本：臺灣省政府、福建省政府、臺北市政府、高雄市政府

副本：行政院主計處、行政院祕書處

抄本：○○○

院長　○○○（簽字章）

會辦單位：

第　　層決行		
承辦單位	會辦單位	決行
註記：簽署原則有左而右，由上而下簽		
打字○○○　　校對○○○　　監印○○○　　發文○○○		

說明：有關檔號、保存年限、收文日期、收文字號、承辦單位、簽名、批示、會稿單位、繕打、校對、監印、電子公文交換機制及其他安全控管等項目，由各機關於空白處自行規定填寫位置。

號碼位置
流水號位置

(五)函用印及蓋章戳

檔　　號：

保存年限：

行政院　函（稿）

地址：000臺北市○○路000號

聯絡方式：（承辦人、電話、傳真、e-mail）

100

臺北市○○區○○○路○段000號　.

受文者：臺北市政府

發文日期：中華民國○○年○○月○○日

發文字號：○○○字第0000000000號

速別：最速件

密等級解密條件或保密期限：

附件：

主旨：為杜流弊，節省公帑，各項營繕工程，應依法公開招標，並
　　　不得變更設計及追加預算，請轉知所屬機關學校照辦。

說明：

　一、依本院○○年○○月○○日第○○次會議決議辦理。

　二、據查目前各級機關學校對營繕工程仍有未按規定公開招標之
　　　情事，或施工期間變更原設計，以及一再請求追加預算，致
　　　弊端叢生，浪費公帑。

辦法：

一、各機關學校對營繕工程應依法公開招標，並按「政府採購法」及相關法令辦理。

二、各單位之工程應將施工圖、設計圖、契約書、結構圖、會議紀錄等工程資料，報請上級單位審核，非經核准，不得變更原設計及追加預算。

正本：臺灣省政府、福建省政府、臺北市政府、高雄市政府

副本：行政院主計處、行政院祕書處

院長　○○○（簽字章）

會辦單位：

第　　層決行						
承辦單位		**會辦單位**		**決行**		
科員陳○○	0723 0800	科員許○○	0723 1100	副祕書長	0723 1425	
	0723 0810		0723 1105	祕　書　長	0723 1455	
	0723 0815		0723 1110	副　市　長	0723 1555	
	0723 0915			市長江○○	0723 1510	
	0723 0945					
局長黃○○	0723 1000					
註記：簽署原則有左而右，由上而下簽						

說明：有關檔號、保存年限、收文日期、收文字號、承辦單位、簽名、批示、會稿單位、繕打、校對、監印、電子公文交換機制及其他安全控管等項目，由各機關於空白處自行規定填寫位置。

橫式公文：簽辦公文範例

（簽署原則：由上而下，由左而右簽）

會辦單位：

説明：有關檔號、保存年限、收文日期、收文字號、承辦單位、簽名、批示、會稿單位、繕打、校對、監印、電子公文交換機制及其他安全控管等項目，由各機關於空白處自行規定填寫位置。

(六)函電子發文

行政院研究發展考核委員　函

地址：臺北市中正區濟南路一段2-2號6樓

聯絡方式：02-23942165

受文者：

發文日期：中華民國〇〇年〇〇月〇〇日

發文字號：〇〇〇字第0000000000號

速別：最速件

密等級解密條件或保密期限：

附件：議程資料1份

主旨：本會訂於本(○○)年○○月○○、○○日分梯次辦理「推動公文橫式書寫資訊作業研習營」，惠請派員參加，請　查照。

說明：

　　一、依據「公文橫式書寫資訊作業實施計畫」第五點實施方式暨推動時程之（三）辦理。

　　二、檢附本次研習營議程資料詳如附，請　貴機關依規定梯次指派文書、檔主管人員及研考、資訊主辦人員各一名，至電子化公文入口網（http://www.good.nat.gov.tw）最新消息中，點選「推動公文橫式書寫資訊作業研習營」，填寫報名資料。

正本：總統府第二局、行政院祕書處、立法院祕書處、司法院祕書處、考試院祕書處、監察院祕書處、行政院各部會行處局署省政府、行政院各部會行處局署省市政府、各縣市政府

副本：檔案管理局、○○資訊股份有限公司、○○網路科技股份有限公司、○○科技股份有限公司（均含附件）

(七)函紙本發文

檔　　號：

保存年限：

行政院研究發展考核委員　函

地址：臺北市中正區濟南路一段2-2號6樓

聯絡方式：02-23942165

受文者：

發文日期：中華民國○○年○○月○○日

發文字號：○○○字第0000000000號

速別：最速件

密等級解密條件或保密期限：

附件：議程資料1份

主旨：本會訂於本（○○）年○○月○○、○○日分梯次辦理「推動公文橫式書寫資訊作業研習營」，惠請派員參加，請　查照。

說明：

一、依據「公文橫式書寫資訊作業實施計畫」第五點實施方式暨推動時程之（三）辦理。

二、檢附本次研習營議程資料詳如附，請　貴機關依規定梯次指派文書、檔主管人員及研考、資訊主辦人員各一名，至電子化公文入口網（http://www.good.nat.gov.tw）最新消息中，點選「推動公文橫式書寫資訊作業研習營」，填寫報名資料。

正本：總統府第二局、行政院祕書處、立法院祕書處、司法院祕書處、考試院祕書處、監察院祕書處、行政院各部會行處局署省政府、行政院各部會行處局署省市政府、各縣市政府

副本：檔案管理局、○○資訊股份有限公司、○○網路科技股份有限公司、○○科技股份有限公司（均含附件）

主任委員　○○○（蓋字章）

三、書函

檔　號：

保存年限：

臺北市○○○國民中學　書函

地址：000臺北市○○路000號

聯絡方式：（承辦人、電話、傳真、e-mail）

100

臺北市○○區○○○路○段000號

受文者：臺北市市立動物園

發文日期：中華民國○○年○○月○○日

發文字號：○○○字第0000000000號

速別：

密等級解密條件或保密期限：

附件：

主旨：本校○年級學生計○○人，訂於○○年○○月○○日前往貴
　　　　園參觀，屆時請派員指導，請　查照。

說明：本案本校聯絡人：李○○，電話：(00)0000-0000。

正本：臺北市市立動物園

副本：財團法人陳○○先生文教基金基會、本部高教司、社教司（函附件）

　　　（臺北市○○國民中學條戳）

請沿虛線剪下

練習題

1. 請在上公文課之前，先就本課文所列出的「簽」範例公文，分組討論其具備哪些特徵。假想你是一位寫應用文教科書的作者，你會從生活中「簽」公文的觀察，指出「簽」公文具有哪些特徵與功能呢？

2. 請在上公文課之前，先就本課文所列出的「函」範例公文，分組討論其具備哪些特徵。假想你是一位寫應用文教科書的作者，你會從生活中「函」公文的觀察，指出「函」公文具有哪些特徵與功能呢？

3. 請在上公文課之後，試為本校課外活動組擬一份簽。擬簽的理由是：茲為擴大辦理本校三十週年校慶相關活動，請求給予經費補助。

第七章
書信

柯榮三

一、書信概說

　　書信，又名「尺牘」，是人際互動往來、聯繫的重要應用文書。舉凡問候、祝賀、請託、邀請、婉拒、買賣、投訴、推薦、聘任、慰問，甚至表達仰慕愛戀，皆可使用書信。

　　清人袁枚（1716-1797）《小倉山房尺牘》、龔未齋（1738-1811）《雪鴻軒尺牘》、許葭村（生卒年不詳）《秋水軒尺牘》被稱為「清代三大尺牘」，是文人書信作品集。歷來則有諸多教人撰寫書信的「應用文教材」，例如丁拱辰（1800-1875）《初學指南尺牘》（另有題《指南尺牘生理要訣》，[1863]）、上海廣益書局編撰《新撰初學商業尺牘句解》（1918）、胡養元（生卒年不詳）編《最新詳註分類尺牘淵海》（1921）、吳瑞書（生卒年不詳）編著《尺牘辭海》（1947）等。1942年，嘉義玉珍書店曾發行過一本《和譯註釋指南尺牘》（扉頁題「和漢對照初學指南尺牘」，版權頁著者署「南進社」，筆者所藏為1942年3月初版，7月再版），據編者〈序〉中所言，該書乃是從丁拱辰《初學指南尺牘》內選擇精要篇章翻譯而成的「和漢對照書信集」（和漢對照にした手紙集である），臺中瑞成書局亦曾翻印過《初學指南尺牘》。是以丁拱辰《初學指南尺牘》在閩南、臺灣一帶可謂流傳甚廣的尺牘教材。

圖7-1　丁拱辰，《白話註釋初學指南尺牘》扉頁（嘉義：玉珍書店，1937年3月），
　　　　柯榮三藏。

圖7-2　南進社，《和譯註釋指南尺牘》封面（嘉義：玉珍書店，1942年7月），柯榮
　　　　三藏。

二、書信格式

　　一般書信的結構，概可分為開頭、正文、結尾三大部分，各部分下又可再分為數個細節：

㈠開頭稱謂

　　「開頭稱謂」必須視寫信人與收信人之間的關係來決定，依寫信人與收信人之間的關係，簡列於下參考：

表7-1　開頭稱謂參考表

關係	開頭稱謂
家族親屬	對長輩：祖（父）母大人、父（母）親大人、岳父（母）大人
	對平輩：○哥（弟）、○姐（妹）
	對晚輩：○○吾兒（女）、○○賢姪（姪女）、○○賢姪（姪女）、○○賢外甥（外甥女）
朋友	○○吾兄（姐）、○○吾弟（妹）
師生	生對師：○○吾師
	師對生：○○學棣、○○賢棣
同學	○○同學、○○學長（姐）、○○學姐（妹）
其他各界人士	○○校長、○○主任、○○總經理、○○董事長、○○先生（女士）

整理自謝金美編著，《應用文》（高雄：麗文文化事業公司，2012年3版），頁266-270。

㈡提稱語

「提稱語」接於稱謂之後，用以表示請收信人閱覽信件，依寫信人與收信人之間的關係，簡列於下參考：

表7-2　提稱語參考表

關係	提稱語
用於祖父母及父母	膝下。膝前。慈鑑。
用於長輩	尊前。尊鑑。賜鑑。鈞鑑。崇鑑。尊右。
用於師長	函丈。尊前。尊鑑。道鑑。壇席。講座。
用於平輩	臺鑑。大鑑。惠鑑。雅鑑。閣下。足下。
用於同學	硯右。硯席。文几。文席。
用於晚輩	青鑑。青覽。青閱。清鑑。英鑑。英覽。如晤。如握。收覽。收閱。收悉。知悉。知之。見字。

整理自沈孟玉編撰，《應用文講義》（僑務委員會僑民教育函授學校編印，年代不詳），頁7。

(三)啟事敬辭

「啟事敬辭」表示的意思是信中要說明的內容，同樣要視寫信人與收信人之間的關係來決定。現代書信中多會省略啟事敬辭，但必須說明的是，在不知收信對象為誰，亦即不知稱謂、提稱語該如何書寫的狀況下，一般反倒會逕以啟事敬辭為書信作為開端，「敬稟者」、「敬啟者」、「茲覆者」中的「者」指的是書信中要說明的事情，是指要「恭敬地稟告／恭敬地陳述／謹回覆以下的事項」，「者」並非指收信人，換言之，「敬啟者您好：」這樣的用法乃是錯誤的寫法。

表7-3　啟事敬辭參考表

關係	啟事敬辭
用於祖父母及父母	敬稟者。謹稟者。叩稟者。
用於長輩及長官	敬啟者。謹啟者。茲肅者。謹肅者。敬覆者。謹覆者。
用於一般對象	啟者。敬啟者。茲啟者。茲者。茲陳者。茲覆者。
用於懇求	茲懇者。敬懇者。茲託者。敬託者。
用於祝賀	敬肅者。謹肅者。茲肅者。
用於訃信	哀啟者。泣啟者。

整理自沈孟玉編撰，《應用文講義》（僑務委員會僑民教育函授學校編印，年代不詳），頁8-9。

(四)開頭應酬語

「開頭應酬語」在傳統書信的寫法上，有不少套語可以使用，例如若是配合時節，在春天可以寫「和風送暖，瑞靄呈祥，敬維闔府康健，公私順遂，為頌」，夏天可寫「綠荷香遠，柳岸風清，敬維闔府康健，起居迪吉，為頌」。若是要表達久疏問候，可以寫「久疏音問，時念在懷，敬維闔府康健，公私順遂，為頌」等等。現代書信中，多依照寄信人與收信人關係的親疏遠近之別，書寫幾句問候關懷之語，作為正文開始之前的應酬語。

(五)正文

　　正文是書信最重要的內容，重點在於能以文字，清楚明確、有條有理地表達自己欲傳達的意思。

(六)結尾應酬語

　　「結尾應酬語」，大抵可以分為臨書語、請教語、保重語、候覆語，簡列於下參考：

表7-4　結尾應酬語參考表

分類	結尾應酬語	說明
臨書語	謹此奉稟，不盡欲言。 謹肅寸稟，不盡下懷。 臨稟惶恐，欲言不盡。	表示自己在信中言不盡意之用。
請教語	如蒙鴻訓，幸何如之。 乞賜指示，俾有遵循。 敬祈訓示，不勝感禱。	希望對方指教，用於請示或討論問題之用。
保重語	寒暖不一，千祈珍重。 乍暖猶寒，尚乞珍攝。 秋風多厲，幸祈保重。	期望對方保重，表達敬意之用。
候覆語	如遇鴻便，乞賜鈞覆。 懇賜鈞覆，無任盼禱。 乞賜覆示，不勝感禱。	希望對方回覆之用。

整理自謝海平，《國文常識與應用文（下冊）》（臺北：國立空中大學，1993年3版），頁198-199。

(七)結尾敬辭

　　「結尾敬辭」又可分為「申悃語」、「問候語」，依寫信人與收信人之間的關係，簡列於下參考：

表7-5 結尾敬辭參考表

關係	結尾敬辭	
	申悃語	問候語
用於祖父母及父母	肅此。敬此。謹此。 肅此敬達。崇肅稟奉。	叩請 金安。敬請 福安。 敬請 金安。
用於長輩		敬請 鈞安。恭請 崇安。 敬頌 崇祺。順頌 福祉。
用於師長		恭請 誨安。敬請 教安。 敬請 講安。祇請 道安。
用於平輩	崇此。草此。匆此。 崇此奉達。特此奉達。	即請 大安。敬請 臺安。 順頌 時綏。即頌 時祺。
用於晚輩	※ 無須使用	順問 近祺。即頌 近佳。 即頌 刻好。即問 近好。

整理自沈孟玉編撰，《應用文講義》（僑務委員會僑民教育函授學校編印，年代不詳），頁20。

㈧自稱、署名

「自稱」是寄信人對收信人的自我稱謂，除了家族親屬依尊卑關係的稱謂以外，對於師長應該自稱「學生」或「受業」；對於一般長輩可自稱「晚」、「後學」；對於一般平輩，可自稱「弟」、「妹」。署名一般署全名，唯現代書信中，依實際與對方的熟稔親切狀況，僅署名字者亦有之。

㈨末啟辭

「末啟辭」即署名後方所接的敬辭，依寫信人與收信人之間的關係，簡列於下參考：

表7-6 末啟辭參考表

關係	末啟辭
用於祖父母及父母	謹稟。敬稟。叩稟。敬叩。謹叩。
用於長輩	謹上。敬上。拜上。謹肅。謹啟。

關係	末啟辭
用於平輩	敬啟。手啟。謹白。頓首。敬上。
用於晚輩	手泐。手啟。手白。手字。手書。

整理自沈孟玉編撰，《應用文講義》（僑務委員會僑民教育函授學校編印，年代不詳），頁22。

㈩附候語

「附候語」可分為兩種狀況，若是寄信人問候收信人親友，應書寫於與問候語等高處；若是寄信人代替親友問候收信人之用，應寫於與自稱處等高處。

三、書信範例

時至今日，會提筆取紙書寫信件者早已不多，不過，寄發電子郵件（email）聯絡事務，或者申請交換學校、應徵實習單位、謀求專任工作時，請師長書寫推薦信（通常為電腦打字），仍經常被使用。

㈠從傳統書信到電子郵件

首先，若是以預計籌辦同學會為例，書信內容的寫法可以下例為參考，寫給老師的邀請信，或當用較為正式的形式：

○○老師道鑒：敬啟者，綠荷香遠，柳岸風清，敬維闔府康健，起居迪吉，為頌。自高中畢業，倏忽三載，學生經常想起往昔同在學校上課之情景。暑假將屆，學生有意在○月○日，於斗六籌辦一場同學會，共話當年。如遇鴻便，乞賜鈞覆。耑肅
稟奉敬請
教安

　　　　　　　　　　　　　　　　　　　　　　學生 ○○○ 拜上
　　　　　　　　　　　　　　　　　　　　　　同學○○附筆問好

寫給同學者，則可以較為簡要的形式：

○○同學：想不到從高中畢業，一下子已經過了三年，弟經常想起往昔同在學校上課之情景。暑假將屆，弟有意在○月○日，於斗六籌辦一場同學會，共話當年。不知兄是否有時間參加？耑此順頌
時綏

弟○○○　敬啟

寫給同學的內容省略或改寫了「提稱語」、「啟事敬辭」、「開頭應酬語」、「結尾應酬語」等，語氣也較為輕鬆，書寫應用時，當依實際情形斟酌調整。

電子郵件在書寫時，為了視覺上的閱讀便利，經常會使用一行一句或兩句的形式呈現，亦是可行的格式，如此一來，上舉之例會變成：

○○同學：
想不到從高中畢業，一下子已經過了三年
弟經常想起往昔同在學校上課之情景。
暑假將屆，弟有意在○月○日
於斗六籌辦一場同學會，共話當年。
不知兄是否有時間參加？耑此順頌
時綏

弟○○○　敬啟

要言之，雖然現代多改以電腦軟體為書寫工具，但傳統書信結構中稱謂、敬辭、應酬語等等寫法，在表現人際彼此互動之間的禮節、誠意、用心方面，仍然十分重要，應該善加學習、靈活運用為是。

㈡推薦信

其次，再談到「推薦信」，「推薦信」又可稱「推薦函」、「推薦書」，其書寫格式和前述書信格式不同，係需將「推薦信（函、書）」作為標題，正文的寫法則同於一般書寫文章的形式，多著眼於陳述被推薦人的經歷背景、專業能力、工作成果、獲獎紀錄、人格特質等有助於應徵的內容。

推薦信可先由被推薦人將自己的基本資料（履歷、自傳及其他相關

文件）提供予推薦人，最好能依使用目的之不同，草擬綱要，推薦人在撰寫推薦信內容時即可根據相關資料，從被推薦人之各項優勢、長處多加發揮。試舉例如下：

【例1：推薦報考研究所】

推薦信

　　○○○同學是我在雲林科技大學文化資產維護學系「文學欣賞」、「應用中文」這兩門課堂中的學生，「散文選讀」、「文學欣賞」、「應用中文」是雲科大三門基礎國文課程，列為各系的必修課程，概由雲科大漢學應用研究所的專、兼任老師支援授課，在這幾年所接觸過各個學院的眾多學生當中，○○無疑是令我印象最為深刻的一位。

　　我曾經在某次課堂中簡單介紹自身所研究之閩、臺俗曲唱本「歌仔冊」，想不到在隔週上課時，○○便拿著阿公身後遺留下多本由竹林書局刊行的歌仔冊到我眼前，希望我能告訴她關於這批歌仔冊的內容及相關知識，幫助她更加瞭解阿公及其所經歷過的時代文化。經由我的說明，○○很認真地為阿公珍藏的歌仔冊進行初步整理、保存與修復，後來，甚至以「歌仔冊的修復與保存」作為畢業專題的題目，充分展現她積極的學習態度與充沛的研究潛力。

　　由於○○細心負責的個性，在她大三時，我開始請她擔任我執行○○大學○○○○○中心「閩南『過番歌』的整理與研究」研究計畫的工讀生，負責協助整理與蒐集「過番歌」的文獻資料。嗣後，我獲邀參與「《○○鎮誌》編纂委託專業服務」研究計畫，擔任《○○鎮誌：○○篇》主筆，○○也成為《○○鎮誌》工作團隊的一員，負責文宣美術編輯、統整座談訪問資料、協助四場○○耆老座談會的準備工作，並編排期中報告書等等，《○○鎮誌》的編輯工作只要交付○○，她必能「使命必達」！

　　就我所知，○○曾經在國家發展委員會檔案管理局及國立臺灣圖書館實習，對於紙質文獻的保存與修復技術頗為拿手，也充分掌握了整理文獻與應用數位資料庫的技巧。非常高興聽到○○有意報考貴校○○○○○○研究所，我很樂意向○○○○○研究所的各位老師，推薦雲科大文資系○○○同學，她絕對是一位認真負責、積極學習的好學生，相信貴所必定能讓○○獲得最好的學術訓練，為圖書資訊與檔案學研究領域，培養出一位優秀的生力軍。

　　此致

國立○○大學○○○○○○研究所

　　　　　　　　　　　　　　　　推薦人：柯榮三　　○年○月○日

　　例1為推薦學生報考研究所，內容先從推薦人與被推薦人的關係說起，一般說來，被推薦人多會尋求自己就讀科系之師長推薦，被推薦人由外系老師推薦之緣由，宜先敘明。其次，根據被推薦人的學習表現，說明其積極的學習態度與充沛的研究潛力，進一步強調被推薦人在實務研究工作上的具體成果，最後再予以正面而肯定的評價。

【例2：推薦申請交換學校】

推薦信

　　○○○同學目前就讀於雲林科技大學文化資產維護學系二年級，本人雖然為漢學應用研究所的老師，但由於曾經擔任文化資產維護學系一年級下學期「文學欣」，以及二年級上學期「應用中文」兩門課程的老師，故與○○接觸頻繁，認識較深。

　　在課堂上，○○是一位開朗樂觀的好學生，她向來坐在教室內的最前方，以積極認真的態度學習，勇於發問問題，具備獨立思考的精神與主見，對自己每一個學習階段都有妥善的規劃與安排。我還觀察到，○○的個性敦厚善良，在班上人緣極佳，樂於參與系上的大小事務，更擔任「歷史思維」這一門課程的教學助理（TA），學習表現廣受文化資產維護學系眾多老師們的肯定。

　　根據我的瞭解，○○從小就在音樂的陶冶下成長，參與各種大小比賽屢獲佳績，培養了她不畏挑戰的堅毅性格，同時兼具溫柔優雅的藝術氣質。除此之外，○○在二年級上學期甫榮獲「雲林縣社區生活文物館建置與佈展競賽」第一名的殊榮，反映了她的細心與靈巧。熱愛旅行的她，英語會話流利，略通日文、法文，已經走過數個國家，懷抱著「讀萬卷書，行萬里路」的精神，以自己的雙腳走向遠方，廣泛結交四面八方的朋友，體驗不同的文化與生活方式，關懷在地人群意志以及社會文化心理。是故，希望藉助本次到貴校交換學習的機會，期盼能將臺灣學生的學習方式、在地文化介紹給大陸的師長、同學，也預期能在交換學習結束後，把在大陸這段期間獲得的生活與遊歷經驗帶回臺灣，分享給更多的朋友，藉以讓兩岸學子瞭解文化異同，增進彼此認識。

　　我相信○○已經對於這趟交換學習做好準備，對於她有意申請前往○○大學○○○○院○○學系交換學習，我既樂觀其成，也大力推薦！

　　此致

○○大學○○○○院○○學系

推薦人簽名：柯榮三　　　　　　　○年○月○日
推薦人簡介：（略）

　　例2為推薦學生申請交換學校，內容同樣先從推薦人與被推薦人的關係說起。其次，根據被推薦人在課堂上的學習表現、參與活動、擔任系上教學助理等具體事蹟，說明其備受同系師生肯定的人格特質。再其次，扣合出國交換學生之目的，從被推薦人語言能力優秀、熱愛旅遊，以及常懷「讀萬卷書，行萬里路」的精神，說明其對於兩岸文化交流的預期成效，最後再總結式地予以推薦。

　　此例有一特別之處，在於受申請單位要求推薦信上需填寫「推薦人簡介」，若申請文件有既定格式，推薦信務必應依其格式要求撰寫。

【例3：推薦求職】

推薦信

　　○○○君係國立○○大學中國文學系碩士、博士，其專長為東南亞漢學、馬華文學、南洋華人文化、民俗學，長期關注新馬華人文化、社會等相關課題的研究。

　　就本人所知，○○在○○大學中文系○○○教授的指導下，不僅修業期間的成績優異，屢屢受惠於新加坡李氏基金、○○大學碩博士班國際學生全額獎學金、科技部研究生出席國際學術會議、○○大學跨國雙向研修獎助學金等各類獎助，更曾多次參與籌備大型國際學術研討會，把握機會向各國學者請益，積極拓展學術視野，並累積學術行政工作經驗。此外，也實際參與過新加坡○○大學、馬來西亞○○大學、馬來西亞○○大學學院、○○大學、○○大學、○○大學等研究團隊的跨國合作研究計劃，學術研究能力備受肯定。

　　○○曾於馬來西亞○○大學學院中文系任教（2016.4-2017.5），在該校任教期間共計開設過11門課，無論古典文學或是現當代文學，皆有涉獵。她甫結束在馬來西亞的教職工作，目前定居臺灣，是本人科技部專題研究計畫所延攬的博士後研究員。在執行計畫的過程中，○○以其研究專長及良好的學術人脈，與本人配合良好，表現傑出。

　　相信以○○的人格特質及研究潛力，必能在貴院一展所長，在此本人鄭重為之推薦，期望○○能有機會以馬來西亞華裔學者的身分，回饋臺灣，貢獻所學。

　　此致

○○大學文學院

推薦人：柯榮三

○年○月○日

　　例3為推薦博士後研究員應徵大專院校職缺，被推薦人身為推薦人專題研究計畫中延攬之博士後研究員，受其推薦，允稱合宜。推薦信先簡敘被推薦人學經歷及研究專長領域，其次強調被推薦人優異的學術活動能量，並且已有相當豐富的教學經驗，最後從海外華裔學者在臺灣學有所成，意欲回饋臺灣的角度，給予肯定與推薦。

四、信封

　　信封的書寫方式，亦是書信的一部分，舉例如下：

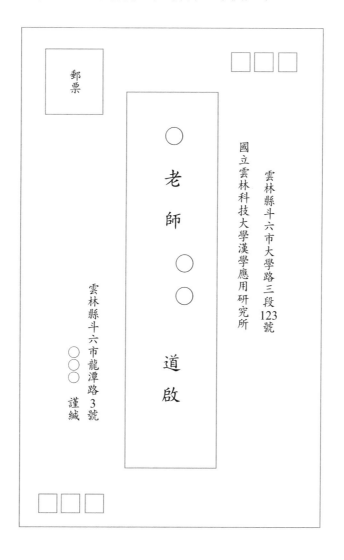

信封之撰寫有以下幾個要點必須注意：

1. 右欄收信人的地址，上方應空兩格寫起，若有機關名稱，應寫於第二行，字體略大於地址，但位置高度不可超過中欄收信人姓名頂端。

2. 中欄收信人姓名，為了版面美觀，不宜過於靠近上端框線。傳統上為了禮貌，會避寫名諱，故收信人的大名應略側右方書寫。必須注意的是，收信人的稱呼，絕不能側書。

3. 中欄收信人姓名下為「啟封語」，是開啟信封之意，故絕不能寫成「敬啟」、「拜啟」。

表7-7　啟封辭參考表

關係	啟封辭
用於家族親屬長輩	福啟。安啟。
用於一般長輩	鈞啟。賜啟。
用於師長	道啟。安啟。
用於平輩	臺啟。大啟。惠啟。
用於晚輩	啟。

整理自謝金美編著，《應用文》（高雄：麗文文化事業公司，2012年3版），頁266-270。

4. 左欄寄信人地址，若是寫給長輩，地址書寫高度不宜超過信封中欄框線一半的位置。

5. 左欄寄信人名字下為緘封詞，寫給長輩應用「謹緘」，寫給平輩或晚輩可用「緘」。

6. 傳統上有「三凶四吉五平安」的慣例，所以信封的總行數，不宜只寫三行，但行數亦不可過多，建議安排為四行或五行即可。

練習題

1. 試說明本章節所舉一般書信範例中，各項結構之具體內容為何？
2. 試擬一份敦請系上老師為自己撰寫推薦信的email（推薦目的可以是報考研究所、申請交換學校、申請校外學習、畢業後求職）。
3. 試以正式的格式，撰寫一個收信人為老師的信封。

第八章
啟事與便條

劉麗卿

壹、啟事

一、啟事的意義與類別

　　各式各樣的應用文中，與普羅大眾生活最密切，最常在街頭巷尾映入眼簾的應該要算是「啟事」了。以下這三張照片，你是否有熟悉的感覺：

圖8-1　喬遷啟事。

圖片來源：引自《自由時報》電子報，2017.10.08.（記者詹士弘攝）

圖8-2　租售啟事。　　　　　　　　圖8-3　租售啟事。

圖片來源：左圖，作者拍攝於雲林縣斗六二路。右圖，作者拍攝於雲林縣斗六市西市場

　　這三張照片，第一張是「喬遷啟事」，用來通知社會大眾原本在此處的夜市即將遷移至雲科大東側門。第二、三張是「租售啟事」，公開告訴社會大眾建地、別墅、出租套房要買賣的消息，這就是所謂的「啟事」。「啟事」在日常生活中的使用狀況很廣泛，包括個人、機關團體，以公開的方式向社會大眾或特定對象告知某些事，就是「啟事」。常見的公開方式有刊登於報章雜誌、電視網路等傳播媒體、或張貼於大街小巷、紅綠燈路口、電線杆上、街頭佈告欄……，你一定以為這是一般普通的「廣告」，其實早期商業廣告不發達時，廣義的啟事就包含了廣告，只是當今廣告已經發展成為一門專業的學問，所以本文對啟事範疇的界定，就不涉及廣告。

　　「啟事」因為十分「生活化」，所以類別形形色色，在黃俊郎《應用文》一書將啟事的種類分成十七類；孫永忠等《新編應用文》、蔡信發《應用文》都分為十二類，在參酌前輩對啟事的分類後，本文列舉出下列常見常用的十三類啟事，並說明其使用時機：

1. 徵求啟事：公開徵求人才或物品。如：徵人、徵求企劃書、徵求建築設計團隊、徵求物資等。
2. 租售啟事：有房地產或物品要出租或出售時。如：房屋出租或出售。
3. 懸賞啟事：以懸賞獎金的方式，公開尋求幫助。如：需要目擊證人、家人走失、或尋找寵物時，希望社會大眾予以相關資訊。

4. 道歉啟事：對自己不恰當或違法的言語行為，需要公開表達道歉時。

5. 聲明啟事：公開表明自己對某些問題或事件的立場和主張。

6. 警告啟事：對他人不恰當的言語或惡劣的行為，公開提出告誡或嚇阻。

7. 遺失啟事：公開說明某個證件或重要資料已經遺失。

8. 鳴謝啟事：公開向某特定對象表達感謝。

9. 喜慶啟事：公開喜慶之資訊。如：膺選、開幕、高升等。

10. 喪祭啟事：公開某人過世、祭奠之資訊。

11. 遷移啟事：公開店家、公司行號遷移新址的資訊。

12. 更正啟事：已經公開發表的文章因為發現登載錯誤，而提出更正。

13. 尋求啟事：公開向社會大眾陳述自己親人或寵物失蹤的消息，期盼社會大眾幫忙協尋。如：協尋失蹤老人、兒童、或家中的寵物狗或貓。尋求啟事與前述第七類遺失啟事不太相同的地方，是尋求啟事著重於「協尋」，意即希冀社會大眾幫忙尋找失蹤的人或走丟的寵物。而遺失啟事則針對於公開某個證件或重要資料遺失的資訊，能否尋回，倒不是遺失啟事的重點。當然，尋求啟事也可以有懸賞，登載者自己可以斟酌撰寫內容。

　　雖然啟事不僅只是上述所列舉的十三類，其他還如：辭行啟事、招生啟事、通知啟事、澄清啟事……等等，但是只要習得基本撰寫要領與把握住啟事類型的重點，就能舉一反三。

二、啟事的架構與撰寫要點

㈠啟事的架構

　　「啟事」與我們的生活息息相關，內容自然包羅萬象，不論撰寫何種類別的啟事，其基本架構不離下列主要項目：

1. 標題

　　開門見山的標出啟事的「標題」，用醒目的大字體標出，以顯現啟事的類別，如：「售」、「租」、「徵」、「道歉啟事」、「結婚啟事」

等，這樣的標題很容易吸引目光，也具有廣告效果，達到公開此一資訊的作用。

2. 內容

將啟事的「內容」說明清楚，以言簡意賅為原則，可以不加標點符號。如：〈遺失啟事〉中對遺失物的外觀、顏色、品牌等都要精確的載明清楚。

3. 目的

亦即登載者登載此份啟事所希望達到的效果。常見有如：〈警告啟事〉的目的：「限你七日內出面解決在外積欠之債務」、〈尋人啟事〉的目的：「見報後請速與家人聯絡」等等。啟事已經是公開透明的資訊了，所以除了登載者有針對某些特定對象「喊話」，一般啟事不需要刻意撰寫「目的」。

4. 對象

啟事是向社會大眾公開的資訊，有些時候登載者有他想告知的「特定對象」，如：〈結婚啟事〉的告知對象「特此敬告諸親友」；再如：〈道歉啟事〉一定要清楚的載明對象。

5. 具名

啟事的內容寫完整後，登載者必須具名，或留下聯絡方式。啟事的「具名」方式非常彈性，粗略可以整理出下列四種：

⑴本名

如果當事人刊載的是「結婚啟事」、「道歉啟事」之類的啟事，或涉及法律事件，自然應該使用完整的本名。

⑵略名

也就是個人名字的簡稱，或日常生活中對人的普通稱謂。如：吳媽媽、陳小姐、許先生。

⑶隱名

完全不具名，而是留下一個稱呼，與自己的名或字沒有關聯。如：辛苦的還債人、現代紅娘。

(4)虛擬名

即所謂的筆名、藝名、化名，基於某些理由隱藏自己的真實身分。如：潔西卡、桃花島主。

㈡啟事的撰寫要點

應用文是很實用、很生活化的文書，它因應的是生活中遇到的各種問題和狀況，所以每一種類型的應用文在撰寫時需要注意的文字要求都不一樣，而「啟事」的特質是篇幅短小，並將資訊向社會大眾公開，因此撰寫啟事時，務必把握下列四個要點：

1. 內容確實

啟事的內容，依照種類不同，有可能是房地產的買賣或出租，有可能是以獎金懸賞的方式徵求資訊，乃至徵婚、結婚等人生大事等，這些事件的資訊選擇要向社會大眾公開披露的話，都應該具有真實性。

2. 文字簡淺

寫作啟事時，文言或白話都不拘。但因啟事的閱讀對象是一般社會民眾，因此文字應該力求簡單淺顯、明瞭易懂。

3. 用語得體

啟事所陳述之事，除了應該具有真實性之外，陳述的用語應該就事論事，恰如其分妥當合宜。如：〈徵人啟事〉中用「禮聘」、「延攬」、「聘請」、「雇用」、「雇請」、「招聘」這些詞彙雖都等同於「徵聘」的意思，但是給應徵者的感受都不同。

4. 不可觸犯法律

人們公開了某個資訊，本來就對這個資訊負有相對的法律責任，因此撰寫時，應該嚴守事實，對不確定的情況，不要便宜行事。另外，還要注意不該使用情緒性的詞彙，也不要以誇張的言詞來形容，避免詆毀他人，或揭露他人祕密隱私之事，因為這都可能會觸法。

綜上所述，「啟事」是提供給社會大眾資訊的公開性文書，所以啟事的內容一定要符合事實，撰寫時文字應力求簡淺平易、謹慎檢視用詞，避免因便宜行事或認知不足而觸犯法律。

三、啟事的範例

範例1：徵求啟事

<table>
<tr>
<td>
徵

本店誠徵老闆娘乙名。
意者請內洽[1]
</td>
<td>
誠　徵

對推廣幼兒繪本圖書工作有興趣者
經驗不拘不分男女意者洽林經理
0936246875
</td>
</tr>
</table>

<table>
<tr>
<td>
徵求物資

　　又到了歲末寒冬，您的家中有寶貝已經穿不下的舊衣嗎?有佔據您家空間的玩具嗎?現在您可以做善事，同時又幫家裡騰出許多空間，來吧!現在就動手整理，3/1~3/31請將可再利用的物資清洗乾淨後，送至○○公園，現場將有專人負責回收。

仁愛兒童之家敬啟
中華民國106年2月13日
</td>
</tr>
</table>

範例2：租售啟事

<table>
<tr>
<td>
租

市區大套房生活機能佳包水電
附家具網路第四臺
林媽媽0987543641
</td>
<td>
售

三學區十二年免接送交通便利
一百多坪獨棟別墅鳥語花香價
可議電2636689洽王太太
</td>
</tr>
</table>

範例3：懸賞啟事

<table>
<tr>
<td>
懸賞啟事

6月7日下午三點左右，一輛白色本田汽車開往斗六方向，經過綠色隧道時，撞倒我的父親後隨即加速逃逸，父親至今尚未脫離險境，因為附近道路都沒有監視器，如有善心人士正巧目擊，請盡速與我聯絡，若因民眾提供的線索而找到肇事者，將致贈懸賞金10萬元整。

著急的家屬056784567
</td>
</tr>
</table>

1　使用「內洽」二字時，就將此份啟事張貼於自家店門口，不要在大街小巷隨意張貼，以免有意應徵者，無從判斷是哪一間店家。

範例4：道歉啟事

道歉啟事

本人陳威宇因一時衝動打傷張友善先生，本人深感後悔與抱歉，幸張先生寬宏大量不予追究，特此公開向張先生致歉。

立道歉啟事人：陳威宇
中華民國107年5月20日

道歉啟事

本人張美芳因一時輕忽未經查證，在社群網站留言造成黃湘妙小姐生活受到干擾、名譽受損，特此公開向黃湘妙小姐致上十二萬分的歉意，並感謝黃小姐的原諒，本人日後絕對謹言慎行，不會再犯。

立道歉啟事人：張美芳
中華民國107年5月20日

範例5：聲明啟事

聲明啟事

簡世華先生已於中華民國107年5月31日已自本公司離職，其在外從事之一切商業行為，一概與本公司無關，若有假冒本公司職員名義，從事侵害本公司商譽之行為，本公司將保留法律追訴權。

新興冷氣謹啟
中華民國107年6月23日

聲明啟事

近日一直有民眾到衛生局檢舉本店所使用的麵粉顏色偏白，衛生局這一個月已經到店八次訪查，經過取樣化驗確認本店所使用的麵粉安全無虞，無不良添加物，請消費者安心購買。

五福臨門饅頭店謹啟

範例6：警告啟事

警告啟事

敬告在此地餵貓的某小姐：

您的餵貓之舉，已經嚴重干擾到附近社區住戶的安寧，引發居民反彈，這附近野貓越生越多，您留在路邊的貓食、餵食器造成環境衛生的髒亂，如果您真的愛貓，請將貓咪帶回自家飼養，不要破壞本區住戶的居住品質。

被貓咪叫聲吵到快發瘋的人

範例7：遺失啟事

遺失啓事

遺失國立雲林科技大學學士學位畢業證書102雲學證第1020788890號，特此聲明作廢。

聲明人：林小倩

範例8：鳴謝啟事

鳴謝啟事

感謝○○醫院骨科主治醫師○○○和六樓外科病房對家母的悉心照顧，讓家母術後的癒合和復原情況都十分良好，謝謝你們，你們的恩惠會永遠記在我們的心中。

林永春及其家屬敬上

鳴謝啟事

我○○○於中華民國105年7月26日歡喜走完人生道路，不想驚擾諸位親友，火化後骨灰已撒向萬里大海，從此海闊天空任我遨遊，感謝昔日友好常相左右，此生有諸位相伴，夫復何求。若思念我，望向大海，也算是敘舊了。

範例9：喜慶啟事

結婚啟事

我們倆已於中華民國107年3月22日，在雲林縣斗六市戶政事務所完成結婚登記，特此敬告諸親友。

黃欽勳
許慧琴　敬啟

範例10：喪祭啟事

> 我們的母親○○○女士慟於民國一○七年三月二十六日（星期一）下午四點二十五分病逝於彰化基督教醫院享壽七十二歲家屬謹守遺命喪祭事宜一切從簡告別式謹訂於四月三日（星期二）上午九時在○○市○○區○○街○○號自宅舉行。謹此奉
>
> 聞
>
> 懇辭奠儀花籃
>
> 哀子
> 馬效賢率全體家屬　泣啟

範例11：遷移啟事

> 遷移啟事
>
> 感謝大家對圓緣園餐廳的支持與愛護，為了讓大家有更舒適的用餐環境，本餐廳自5月1日起，將搬遷至中華路與新生路口擴大營業，繼續為大家服務，歡迎各位舊雨新知蒞臨指教。
>
> 圓緣園敬上

範例12：更正啟事

> 更正啟事
>
> 本周刊112期第五頁作者大名張啟昌，誤植為張起昌，特此更正。

範例13：尋求啟事

> 尋狗啟事
>
> 我家的白色貴賓狗在今年8月10日早上10點多在人文公園走丟了，牠的特徵是脖子有配戴一個鈴鐺，頭上綁一個紅色蝴蝶結，晶片號碼：236780023如有善心人士發現牠的行蹤，請電：0986543367廖阿姨
>
>
>
> （照片來源：作者拍攝）

貳、便條

一、便條的意義

　　雖然科技提供了便利的行動通訊，但在日常生活中，總也有需要倚賴「字條留言」的時候，如：拜訪朋友朋友卻剛好不在，或跟朋友借用歸還物品，交代辦公室同事幫忙處理公務、或自己臨時需要外出交代自己行蹤讓家人知道、或探病或辭行或邀約或通知或答謝或轉達……等等，這些沒有機密又不是很重要的事，用「字條留言」給對方，除了可以快速解決事情，也有備忘的功能。以上所述種種「非正式」的狀況，就是一般使用「便條」的時機。

　　「便條」就是簡易方便的字條，也可以說是簡化的書信。書信雅重，便條簡易。書信講究禮數，便條省去客套。書信千言萬語，便條三言兩語。由此可知，便條的寫作並不如書信來得要求，但是基本禮貌還是要有，畢竟簡化並不等同於隨便。在忙碌緊張的職場，便條的使用率是相當高的，一張小小的字條，簡單明瞭的文字，就能幫忙解決瑣瑣碎碎的事，因此，學習便條的寫作是重要的。

二、便條的寫作

㈠便條使用的對象

　　便條因為不像書信正式和莊重，所以如果是在正式的情況、或應對於尊長、或需要表現禮儀敬意的狀況下，就不適合用便條以免失禮。加上便條也沒有封套，所以內容還是以普通不機密的事為宜。

㈡便條用紙

　　便條的特質是方便簡單，許多人就因此誤以為隨便找到一張可以寫字的紙，就可以當便條紙，這樣不但不尊重對方，還顯出自己學養不足。便條紙雖然不需要刻意講究，但也不能草率，乾淨、素淨、方正是最基本要求。而坊間常見的「便利貼」因為可黏貼，用在熟悉的辦公室同事間，也

是個好選擇，下筆時注意紙張與字體大小相宜，不要紙短話長字又大，黏貼了一張又一張，反而惹人厭煩。

㈢便條的內容

　　書信的內容講究稱謂、提稱語、應酬語、請安語等等，但是在寫作便條時，這些繁文縟節都是可以省略的，而且便條也沒有固定格式，只要具備簡單的「稱謂」、「正文」、「自謙詞」、「署名」、「末啟詞」、「日期時間」即可。在文字要求方面，客套應酬之語皆可免，只要把握淺顯易懂、言簡意賅的原則就可以了，正文要放在稱謂之前或之後都可以，以下就分別舉例說明之。

1. 正文先寫，正文結束後加上交遞語

因為臨時有事，先搭捷運去淡水了，下午四點會回來接您去開會。
此上
翠羽姊

妹歐陽芬芳敬上
5/3.11:20

　　這張便條，是先將正文交代清楚，在正文結束後使用「此上」二字，「此上」即「交遞語」，代表著：這張便條要交遞給什麼人的意思。交遞語還有如：「此致」、「留陳」、「此請」（用於邀約）、「此覆、敬覆」（用於回覆對方）等等。在交遞語後，就要寫出對方的名字，並加上對對方的稱謂，常見如：「兄」、「姊」。文末，記得留下相對的自謙詞，如：「妹」、「弟」。在自己的大名後，可以再加上「末啟詞」，如：「上」、「敬上」、「敬啟」、「拜謝」等等。「交遞語」與「末啟詞」都應視便條的內容而選用適當的用語。

2. 稱謂在前，正文在後

　　稱謂在前的寫法，讓這張便條完全就是簡化的書信格式，少了應酬語與請安語，簡潔明白。如下例：

陳老師早安：

　　張芯芯因為喉嚨不舒服，10點體育課我會到校帶她去看醫生，請老師准假，謝謝。

芯芯的媽媽 敬上 11月2日

三、便條參考範例

範例1：交代辦公室助理處理公務

○○助理：

　　學生反映電腦教室冷氣不冷，下午上班煩請廠商來維修。桌上一份講義，煩請轉交給系學會會長。謝謝！

○○○　　6.12.

範例2：感謝餽贈

○○兄：

　　感謝您寄贈的水蜜桃，每年的這個時候，孩子們都習慣地問：拉拉山阿伯會寄水蜜桃來嗎？謝謝您對他們的寵愛。我想您應該也很懷念家鄉的食物，所以寄了一些讓您解解鄉愁，有空回來再敘。

弟
○○○拜謝
7.1.

範例3：來訪不遇

親愛的老師：

　　我要結婚囉，今天送喜帖來給您，助理說您下午有課，所以就不打擾您，衷心期盼老師能來參加我的夢幻婚禮，我相信有您的祝福，我們一定會更幸福。

學生 ○○○　敬上
二月五日

範例4：邀約

星期五中午要不一起到復興路「CoCo cooking」用餐？
此請
子誠兄

弟
信忠　敬啟
10/15

範例5：回覆邀約

承蒙盛情邀約，不勝欣喜，自當準時前往，先此致謝。
敬覆
信忠兄

弟
子誠拜上
10/16

練習題

1. 張小姐為尋找愛犬,願意提供5000元做為報酬,請幫她擬寫一則懸賞啓事。

2. 吳媽媽位在龍潭路的一棟套房,最近想出租給學生,月租五千,附家電,請幫她擬寫一則租屋啓事。

3. 陳小姐任職於公司財務部門，因為業務量大增，請幫她擬寫徵才啓事。

第九章
會議文書

劉麗卿

壹、會議的定義

　　大學校園就像一個小型社會，在校園裡，不管是學生或師長，每天都有性質不同的會議要召開，如：校務會議、院務會議、系務會議、行政會議、社團會議等，本文姑且稱之為「決議型會議」，意思是集合眾人智慧，溝通彼此意見，取得共識後做出某個決定，一同解決問題的會議。當然校園裡還有「典禮或儀式型的會議」，如：開學典禮、畢業典禮、週會、運動大會、校慶、簽約儀式、動土儀式、研討會、記者會、迎新送舊……，會議的類別就顯得紛雜又繁多。

　　在這麼多的會議中，有的是由學生的自治組織所召集的，如：班級會議、系學會或社團會議，至於其他大型會議大概都是被選為學生代表，才有機會進入議場，如：課程委員會、校務會議等。但是將來進入職場，開會就變成是再平常不過的事了，不管是決議型會議或典禮儀式型會議，都會成為上班工作內容的一部分，所以對會議的相關知識與常識應該都要有初步的認識。本章將以「決議型會議」作為主要寫作內容，而旁及「典禮儀式型會議」所需要的文書。

　　那麼什麼是「會議」呢？其實，「會議」是有定義的，國父孫中山先生在《民權初步》就說：「凡研究事理，而為之解決，一人謂之獨思，二人謂之對話，三人以上而循有一定規則者，則謂之會議。」可見會議的組成，最少需要的人數是三人，而且還要「循有一定規則」，也就是會議的召開與進行，還要遵守相關的議事規則，如此才是有效的會議。

另外，內政部〈會議規範〉[1]「第一條　會議之定義」也明言：「三人以上，循一定之規則，研究事理，達成決議，解決問題，以收群策群力之效者，謂之會議。」這段引文說到「達成決議，解決問題」，所謂「決議」，就是「會議做成的決定」。開會的目的，最重要的就是要解決問題，要解決問題，就有賴與會者溝通協調、集思廣益後，達成決議，付諸執行，這樣會議才有效率。常言道：「會而不議，議而不決，決而不行，行而不效」，大抵就是對流於形式、內容空泛、未能做出決議，沒有執行成效的會議所開的玩笑，不過在玩笑中，還是應該引以為戒。

　　了解會議的定義後，還需要學會整套「會議文書」的寫作與應用。所謂「會議文書」指的是整場會議可能會使用到的各式相關文書，包括會議前、會議中、會議後的各類文書，以下將詳述之。

貳、會議文書有哪些？

　　如果對會議規範和會議文書有清楚的了解，相信也有助於會議流程之順暢、以及將決議付諸實行，進而提升行政效率。而一般會議會使用到的文書，大概可以整理出下列項目：

一、會議前：包括有開會通知、會議程序（議程）、委託書。

二、會議中：包括有簽到簿、選舉票、提案單。

三、會議後：會議紀錄。

以上所列與會議相關的各類文書，在會議中並不一定會全部使用到，但是熟悉每一種會議文書的寫作方法則是必要的。

一、開會通知

　　開會前，第一件要做的準備工作，就是通知所有與會者來開會，這時就需要發「開會通知」。「開會通知」的重點在於「通知」，所以開會通知不一定非要書面的形式不可，如果公司臨時決定開會，口頭通知、電話

---

[1]　見中華民國54年7月20日內政部公布施行：〈會議規範〉。

通知、電子郵件通知、通訊軟體通知……等等都可以，原則上就是通知了與會者。

除了臨時決定召開的會議外，其他最好都能在會議前就寄發書面的開會通知給與會者。根據〈會議規範〉「第三條　會議之召集」：「召集人應根據路程遠近及交通情形，於適當時間前將開會事由、時間及地點通知各出席人或公告之；可能時，並附送議程及有關資料。」從這段引文，可以得出開會通知的基本內容應該包含有：開會事由、時間及地點。此外，在寄發開會通知時，也盡可能連同議程表一併寄出，而且要在會議召開前的適當時間就寄出。

開會通知的內容，除了最基本、最必要的開會事由、時間及地點外，其他還可視會議情況增列下列項目，內容才算完整，如：召集會議的單位全銜、會議會次及名稱（或會議主題）、會議時間、會議地點、出席與列席人員、會議主持人、會議聯絡人及聯絡電話、附送議程或會議資料、會議食宿或接待等相關細節的安排。

開會通知上，列有「出席人員」與「列席人員」，根據〈會議規範〉「第二十條　出席人之權利義務」言：「出席人有發言、動議、提議、提案、討論、表決及選舉等權利。出席人有遵守會議規則，服從決議等義務。未出席者亦同。」至於後者「列席人員」，則與出席人員不同，列席人員出席會議，具有列席報告、指導、參觀、備詢，而無動議、提案、表決及選舉權。

另外，開會通知單上列有「附件」，「附件」的意思指的是：「主要的正件外所附加的資料或文件」，意即本次會議所需要的相關資料，如：議程表、預定住宿、安排接送或用膳等調查，就應置於附件。

開會通知可以有多種不同的呈現方式，如：請束式、表格式、信箋式、公文函式等等，其中請束式的開會通知多使用於典禮或儀式型的會議，意義等同於邀請卡。邀請卡的寫作，最重要的不外乎人、事、時、地。也就是邀請人、被邀請的對象、會議的時間、地點、典禮或儀式的會議名稱都要清楚載明，這些重要的資訊缺一不可。茲以下列範例作為參考：

㈠ 請柬式開會通知範例：

敬愛的○○家長您好：

　　在此謹代表○○○○學系的師長與同學，熱誠歡迎　貴子弟成為本系的一員，本系訂於107年9月1日(星期六)下午14:00，假文薈館十樓演講廳（EA1007）舉辦「新生與家長歡迎茶會」，誠摯邀請您的蒞臨。恭請

蒞臨指導

　　　　　　　　　　　　　　　　　　　　　○○○○學系主任○○○ 敬邀

新生及家長歡迎茶會流程表

14：00～15：00	歡迎新生
15：00～16：00	介紹師長
16：00～16：30	系上簡介
16：30～	茶敘活動

㈡ 表格式開會通知範例：

國立○○大學電機工程學系　大二AB班班級會議	
會議事由	討論畢業旅行相關事宜
會議時間	107年9月18日（星期二）上午十時
會議地點	電機系館AR103
出席人員	大二全體同學
列席人員	鴻圖旅行社張經理
主持人	A班班代○○○
聯絡人及電話	B班公關○○○，電話：○○○○○○○○○○
附件	鴻圖旅行社東南亞七日遊行程
	國立○○大學電機工程學系（單位章）

㈢ 公文函式範例：

○○○○○○學會　開會通知單

受文者：全體會員

發文日期：中華民國107年8月19日
發文字號：○○○○字第1070000138號
速別：普通
密等及解密條件或保密期限：普通
附件：委託書及提案用紙、報名資訊、交通指引、出席回條與用膳調查
開會事由：召開第八屆第二次會員大會
開會時間：107年9月26日（星期三）上午11:00
開會地點：凱旋大樓2樓會議室（AD-213）
主持人：○會長○○
聯絡人及電話：○○○，電話：○○○○○○○○
出席者：○○○、○○○、○○○、○○○、○○○、○○○、○○○
列席者：○○○
副本：本會祕書處(存查)
備註：
1.當日備有午餐，出席回條與用膳調查，請於9月14日前擲回。
2.如有提案請於9月14日前以電子郵件（0123456@msa.hinet.net），寄至學會祕書
　處。

會長　○○○

二、會議程序（議程）

　　每一場會議，都有固定的進行程序，而且在開會之前，承辦人也會預先編定好要討論的提案，這樣才能讓會議流程順利進行，進而解決問題，達成決議。會議的程序與會議的內容，就是所謂的會議程序，又簡稱為「議程」。根據〈會議規範〉「第八條　會議程序」規範了開會前應該預先編定好的會議程序項目有下列幾點：

㈠ 由主席或臨時主席（發起人或籌備人）報告出席人數，並宣佈開會。

1. 推選主席。（由臨時主席宣佈開會者，應正式推選主席，但臨時主席
　　得當選為主席。）

2. 主席報告議程，及各項程序預定之時間。（已另印發議事日程者，此

項從略。）

3. 主席報告議程後，應徵詢出席人有無異議，如無異議，即為認可；如有異議，應提付討論及表決。

(二) 報告事項：

1. 宣讀上次會議紀錄。（如係第一次會議此項從略。）
2. 報告上次會決議案執行情形。（無此項報告者從略。）
3. 委員會或委員報告。（無此項報告者從略。）
4. 其他報告。（如有其他各種報告，應將報告之事項或報告人，一一列舉，無則從略。）
5. 以上各款報告完畢後，得對上次決議案之執行，或其他會務推行情形，檢討其利弊得失，及其改進之方法。

(三) 討論事項：

1. 前會遺留之事項。（如前會有未完之事項，或指定之事項，須於本次會議討論者，應將其一一列舉，如無此種事項者，從略。）
2. 本次會議預定討論之事項。（應將各預定討論事項一一列舉。）
3. 臨時動議。

(四) 選舉。（如有必要，此項得移於討論事項之前。）

(五) 散會。

依照上段引文，我們可以整理出下表會議議程供讀者參酌，其中項目與順序可以依照會議性質進行調整。

○○○○協會○○○年第○次○○○○會議議程

時　　間：○○○年○○月○○日（星期○）○午○時○分
地　　點：○○飯店○○○廳
主　　席：○○○會長
出席人員：本協會全體人員
壹、報告事項
　　一、主席報告
　　二、上次會議決議案及指示事項執行情形

```
　　三、業務報告
　　四、財務報告
　　五、其他報告
貳、選舉
　　票選第五任協會會長
參、討論事項
　　提案一：○○○○○○○○○○○○○○○（○○○提）
　　說　明：
　　決　議：
　　提案二：○○○○○○○○○○○○○○○（○○○提）
　　說　明：
　　決　議：
肆、臨時動議
伍、主席結語
陸、散會
```

　　另外，屬於典禮或儀式型的議程，一般又稱為會議程序，因為這類型會議不會有提案，也不會做成決議，它進行的程序常見用大張色紙書寫，張貼在會場，可參見下列範例：

```
　　　　　　　　○○○○醫院50年院慶暨員工運動大會開幕程序

一、大會開始
二、主席就位
三、運動員進場
四、創意變裝秀進場
五、各科進場
六、全體肅立
七、唱國歌
八、主席致詞
九、來賓致詞
十、授旗
十一、運動員宣誓（○○○代表）
十二、禮成
十三、奏樂
十四、運動員退場
十五、表演開始
```

　　除了上述兩種不同屬性的會議議程外，在大學校園裡各學術主題單位經常會舉辦「學術研討會」。所謂「學術研討」，顧名思義就是對學術的研究與探討，這類型的會議議程又迥異於上述兩則範例，它的議程表，常張貼在學校電梯內或系所佈告欄，而且在研討會舉辦前就會公開在網站上，供大家瀏覽，茲以雲林科技大學漢學所「現代視域中的東亞文化」學術研討會議程為例：

「現代視域中的東亞文化」學術研討會議程

地點：國立雲林科技大學人文與科學學院人科二館演講廳（DS120）
時間：2017 年 4 月 28、29 日(星期五、六)

日期：**2017 年 4 月 28 日（星期五）**

<table>
<tr><td colspan="2">09:30~10:00</td><td colspan="4">報到、領取會議資料</td></tr>
<tr><td colspan="2">10:00~10:10</td><td colspan="4">開幕式
主 持 人：國立雲林科技大學漢學應用研究所所長　吳進安教授
貴賓致詞：國立雲林科技大學　楊能舒校長</td></tr>
<tr><td colspan="2">時間</td><td>場次</td><td>主持人</td><td>主講人</td><td>論文題目</td></tr>
<tr><td rowspan="16">4
月
28
日
（
五
）</td><td rowspan="5">10:10~12:00</td><td rowspan="5">第
一
場</td><td rowspan="5">鄭
炳
碩
教
授</td><td>傅永軍教授</td><td>東亞儒學與經典詮釋</td></tr>
<tr><td>李光宇教授
李樹奐教授</td><td>朝鮮時代政府의 鄉約 施行論議와 그 性格
（朝鮮政府的鄉約施行之討論及其特性）</td></tr>
<tr><td>泰明利教授
劉春鴿教授</td><td>論黑格爾關於藝術之於精神自由的實現</td></tr>
<tr><td>柯榮三副教授</td><td>「開澎進士」蔡廷蘭詩作及科舉事蹟新證</td></tr>
<tr><td colspan="4">12:00~13:30　　　　　午餐、休息</td></tr>
<tr><td rowspan="3">13:30~14:50</td><td rowspan="3">第
二
場</td><td rowspan="3">傅
永
軍
教
授</td><td>牛建科教授</td><td>神道與日本的民族意識——前近代篇</td></tr>
<tr><td>鄭炳碩教授</td><td>李澤厚之「情本體論」與儒學哲學</td></tr>
<tr><td>張美娟副教授</td><td>「聚氣以無欲」、「順此天機」與「本色」文字
——唐順之氣論思想相關議題探討</td></tr>
<tr><td colspan="4">14:50~15:10　　　　　休息（茶敘）</td></tr>
<tr><td rowspan="3">15:10~17:00</td><td rowspan="3">第
三
場</td><td rowspan="3">泰
明
利
教
授</td><td>宋開玉教授</td><td>《琴瑟樂》婚俗考</td></tr>
<tr><td>鄭鎔教授</td><td>대만 다문화 시민교육의 현황과 성과
（臺灣地區多元文化市民教育的現況與成果）</td></tr>
<tr><td>蕭宏恩教授</td><td>誠信與現代醫療</td></tr>
</table>

圖9-1　漢學所舉辦學術研討會。

（圖片來源：雲林科技大學漢學所）

三、委託書

　　不管是定期或是臨時的會議召開，如果不巧無法出席會議，除了事先請假外，也可以利用委託書，將自己在會議上的權利和義務，委託其他與會者代為行使。委託，就是委任、付託的意思。委託書就是：「在某些會議或事務上，委請他人代表出席或代為行使權利義務時，所須填寫的文書。」

　　委託書的寫作並不困難，也沒有固定格式，只要清楚說明委託人不能出席的會議名稱和會次、並委託受委託人代為行使權利、最後委託人和受委託人都簽名蓋章即可。

委託書範例：

```
　　本人○○○因故不克出席本會第二屆會員大會，茲委託本會會員○○○代表本
人出席，並代表本人行使會議期間之一切權利義務。

此　　致

○○○○○學會

　　　　　　委　託　人：（簽章）

　　　　　　受委託人：（簽章）

　　　　　　　　　　　　　　　　　中華民國107年9月10日
```

四、簽到單（簿）

　　會議開始前，與會者會陸續蒞臨會議現場，對承辦人來說，這時最重要的第一件事，就是請與會者在簽到單（簿）上簽名，在議事規則裡，都有明定要足額人數出席，這場會議才是有效、具有合法性的會議，為了確認出席人數已達法定開會人數，簽名就變成很重要的事，因為事關這場會議所決議的事是否有效。當然如果有出席人員不克出席，不管是事先已告知承辦人，或當天才得知，承辦人都應該在簽到單上備註說明。

中華民國107年○○○股份有限公司第八次主管會議簽到單107.8.21

單位	出席人員	備註	單位	列席人員	備註
	○○○			○○○	
	○○○	公假		○○○	
	○○○			○○○	
	○○○			○○○	
	○○○	病假			
	○○○				
	○○○				

五、提案單

　　會議議程中最重要的靈魂項目就是「討論事項」。列在討論事項中的每一個「提案」，都應該以書面提出。提出書面的提案，就稱為動議。〈會議規範〉「第三十四條　提案」規範：「動議以書面為之者稱提案，提案除依特別規定，得由個人或機關團體單獨提出者外，須有附署。其附署人數如無另外規定，與附議人數同。」以及「第三十二條　動議之附議」：「動議必須有一人以上附議始得成立。主席對動議得自為附議。各種會議，對附議另有規定者，從其規定。」上引「動議必須有一人以上附議始得成立。」表示一個動議提出來時，除了動議者本身之外，還要有其他會眾表示支持，這樣這項提案才具有成立與討論的價值。另外，「各種會議，對附議另有規定者，從其規定。」各種會議依照案情不同，提案的附議人數也有不同規定，提案前仍須了解相關會議的議事規則。如果與會者事先送交提案，就會列入議程，如果來不及排入議程，也可以在「臨時動議」中提出。

　　那麼提案單該如何寫呢？大抵不需要拘限於表格式或條列式，但要包含下列項目：

1. 案由：與公文的「主旨」精神相同，以簡單扼要的文字，將提案的重點表達出來。

2. 說明：與公文的「說明」相同，可以用分條分項詳細說明案由。
3. 辦法：與公文的「辦法」相同，亦即對案由提出具體可行的解決方法。
4. 提案人。
5. 附署人。

一張提案單上，僅能提出一個提案。送提案單時，應該連同附件等完整的相關資料送經主管核章後，並遵守議事規則之規範，在規定時間內提交給會議之承辦人，如果涉及其他單位業務，最好事先已充分了解溝通，這樣提案才有意義。

㈠ 表格式空白提案單：

提報會議	擬提報　年第　次○○○○會議討論		
開會日期	年　月　日（星期　）時　分		
開會地點			
提案單位 （提案人）		提案日期	年　月　日
案　　由			
說　　明			
辦　　法			
附　署　人			

㈡ 提案單範例：

新都心社區107年第三次住戶大會提案單

提　案　人：○○○
提案日期：　年　月　日（星期　）
案　　　由：擬更換社區一樓大門，提請　討論。
說　　　明：一、社區一樓大門，每逢閃電雷雨，自動感應系統就會受損，造成住戶
　　　　　　　　　進出不便，也影響社區安全。
　　　　　　二、每次維修大門費時耗錢，長久下來，成為一筆不小支出。
　　　　　　三、檢附三家廠商推薦更換之大門設計圖，供住戶們參考。
辦　　　法：一、委請廠商蒞臨社區簡報說明。
　　　　　　二、於住戶大會會議中決議。
附　署　人：○○○、○○○、○○○、○○○、○○○、○○○、
　　　　　　○○○、○○○、○○○。

六、選舉

　　選舉也是會議重要的一項議程，根據〈會議規範〉「第八十九條　選舉之方式」提到：「選舉之方式，分為左列兩種：（一）舉手選舉（二）投票選舉。」雖然不見得每一場會議都有選舉，但是如果會議議程有安排選舉，那承辦人可以事先將選舉票準備好，以利會議順利進行。

選舉票範例

中華民國107學年度全國優秀大專青年選舉票							
圈選處							
候選人姓名	王○人	朱○珍	章○雲	王○華	黃○興	李○倩	張○邦
事蹟							
中華民國107年4月27日（主辦選務單位蓋章）							

七、會議紀錄

　　當會議結束後，最重要的工作，就是做好一份會議紀錄。誰來整理會議紀錄呢？據〈會議規範〉「第十二條　紀錄人員」規範：「會議之紀錄人員，除各該會議另有規定外，得由主席指定，或由會議推選之。」那麼完整的會議紀錄又包含哪些項目呢？〈會議規範〉「第十一條　議事紀錄」規範：

　　開會應備置議事紀錄，其主要項目如左：

1. 會議名稱及會次。
2. 會議時間。
3. 會議地點。
4. 出席人姓名及人數。
5. 列席人姓名。
6. 請假人姓名。
7. 主席姓名。
8. 紀錄姓名。
9. 報告事項。
10. 選舉事項，選舉方法，票數及結果。（無此項目者，從略。）
11. 討論事項，表決方式及結果。
12. 其他重要事項。

　　議事紀錄應由主席及紀錄分別簽署。

　　承上段引文，茲整理出會議紀錄的重要項目如下表：

㈠ **會議紀錄空白格式：**

○○○○大學第○○○學年度第○學期○○會議紀錄

會議時間：
會議地點：
出席及人數：
列席：
請假：
主席：   記錄：
壹、報告事項
貳、選舉
參、討論事項
　　提案一：
　　決議：
　　提案二：
　　決議：
肆、臨時動議
　　提案一：
　　決議：
伍、散會
　　主席：（簽名）   記錄：（簽名）

上列空白會議紀錄格式中，散會處應該記明散會時間，會議紀錄完成後，應該再交由主席審閱，主席與紀錄確認內容無誤後，應該分別簽名，以示慎重。

㈡ **會議紀錄範例一：**

新都心社區107年第一次社區大會會議紀錄

開會日期：107年3月10日（星期六）晚上6時
開會地點：本社區一樓交誼廳
出席人員：40人，詳見簽到單。
列席人員：無
請　　假：4人，詳見簽到單。
主席：○○○   記錄：○○○
壹、報告事項
　　1.確認上次會議紀錄

2. 確認上次會議紀錄執行成果
3. 主席報告
(1)感謝○○○先生與○○○小姐爭取於社區大門前裝設反光鏡兩具，以維安全。
(2)社區二樓側門應隨手關門，一樓大門晚上十時後保持關閉狀態，以防宵小。
(3)每月月初開啟深水馬達沖洗社區排水溝。
4. 財委○○○報告：
公告105年6月—106年2月新都心社區基金明細表（存簿）
公告105年6月—106年2月新都心社區基金明細表（零用金）

貳、選舉：
選舉107年度管委會成員。
投票結果：主任委員 ○○○
　　　　　副主任委員 ○○○
　　　　　財務委員 ○○○
　　　　　監察委員 ○○○

參、討論事項
第一案：社區大門外與社區內車道經常有訪客停車，造成社區住戶出入不便，請研議解決之道，提請　討論。
決　議：
(1)基於社區住戶進出安全之考量，社區大門外禁止停車，近日將放置「禁止停車」告示牌。
(2)訪客來訪，請引導至空曠處停車，社區內車道非必要，務請保持車道淨空。
(3)將修正「新都心社區住戶規約」第伍章第五條「社區車道停車規定」，於下次會議再行討論。
第二案：社區住戶舉辦春酒及尾牙是否使用社區公費支出，提請　討論。
決　議：凡社區辦理聚餐，所需費用均由參加之住戶自行負擔。
第三案：本社區將舉行春季華山健行聯誼活動，提請　討論。
決　議：時間訂於4月8日（星期日）上午10時，於古坑華山康府元帥廟前集合出發，中午12時於華山土雞城餐敘。

肆、臨時動議
第一案：6月30日(星期六)將舉行社區夏季大掃除，提請　討論。
決　議：修正通過。日期修正為7月8日（星期日）。
第二案：社區管委會交接日期定於6月30日(星期六)上午10點於現任主委家，提請　討論。
決　議：照案通過。

```
伍、主席結語：略

陸、散會：晚上9時

主席：○○○                              記錄：○○○
```

　　最後，還有「座談會」的會議紀錄也應該略知一二，「座談會」常見於村里間召開，校園內當然也有「與校長有約」諸如此類的師生座談，「座談會」的會議內容常常是意見或心聲的反應與表達，在現場能立刻做成決議的機會比較少，若遇重大事件所舉辦的座談會，如：都更案，建議採逐字稿式的記法使原音重現。

(三) **會議記錄範例二：**

```
                        ○○○○大學
            107學年度第一學期「與校長有約」座談會會議紀錄

會議時間：107年1月8日（星期五）上午九點至12點
會議地點：國際會議廳301會議室
出席師長：詳見簽到單
主席：○校長○○                          記錄：○○○

壹、報告事項
    一、主席致辭（略）
    二、報告106年第二學期座談會後執行情形。（略）

貳、同學自由提問
    一、會計系○○○同學：學校機車停車棚年久失修，能否汰舊換新？
        校長指示：請總務處規劃辦理。
    二、資管系○○○同學：宿舍一到十點就沒有熱水，能否馬上改善？
        總務處回覆：上周就有同學反應，應該已經改善。
    三、法律系○○○同學：圖書館自修室佔位情況嚴重，有無相關法令約束，館
        外的垃圾桶經常堆滿垃圾，影響校園景觀。
        校長指示：佔位情形嚴重，學生應該學習如何增加個人涵養，垃圾問題也
                是一樣，圖書館可以研擬或修訂相關辦法。垃圾問題請總務處
                研議，加強清潔人員巡查。
    四、體育系○○○同學：學校球場太少，籃球場和排球場每次要借場地，就要
        一早五六點去排隊，希望學校可以增加球場場地。
```

　　　　校長指示：學校校地規劃與使用都有整體考量，須視經費允許才能做規
　　　　　　　　　劃。同學反映的問題，請總務處和體育室研商。
五、機械系○○○同學：學生證使用不到一學期就出問題了，完全不能感應，
　　希望學校改善。
　　　　校長指示：學生證的問題，已經委由廠商重新設計，不能感應的問題，請
　　　　　　　　　總務處跟廠商聯繫。

參、主席總結
　　略

肆、散會

十二點三十分
主席：○○○（簽名）　　　　　　　記錄：○○○（簽名）

練習題

1. 請試擬一份開會通知單。

開會通知單

受文者：

發文日期：

發文字號：

速別：

密等及解密條件或保密期限：

附件：

開會事由：

開會時間：

開會地點：

主持人：

聯絡人及電話：

出席者：

列席者：

副本：

備註：

2. 請試擬一份會議紀錄。

會議紀錄

會議時間：

會議地點：

出席及人數：

列席：

請假：

主席：   記錄：

壹、報告事項

貳、選舉

參、討論事項
　　提案一：
　　決議：
　　提案二：
　　決議：

肆、臨時動議
　　提案一：
　　決議：

伍、散會
　　主席：　　　　　　　　記錄：

3. 請試擬一則改善學校教室設備之提案。

提報會議	擬提報　年第　次		會議討論
開會日期	年　月　日（星期　）時　分		
開會地點			
提案單位 （提案人）		提案日期	年　月　日
案　　由			
說　　明			
辦　　法			
附 署 人			

第十章
契約與書狀

翁敏修

壹、契約

一、契約概說

　　契約是人與人彼此之間的約定及承諾，又稱為「合約」、「合同」、「契據」。二人以上，根據法律、條例或一般習慣，同意訂立互相遵守之條件，而以文字為憑證者，稱為契約。

　　生活中舉凡約聘、僱傭、動產不動產買賣等各種商業與消費行為，為了保障雙方權益，都應該經雙方同意，規範彼此共同遵守的權利與義務，以避免臨時反悔、詐騙甚至惡意毀約等糾紛。

二、契約的法定要件

　　契約的訂定屬於法律行為，因此必須符合現行法律對於契約的規定：

1. **當事人必須均有行為能力**：有行為能力，代表能為自己的訂約負起全責。民法規定，年滿二十歲的成年人以及未成年人已結婚者，具有行為能力；滿七歲以上之未成年人，有限制行為能力，須有法定代理人之協助；未滿七歲之未成年人，或有精神障礙、心智缺陷以及監護宣告者則視為無行為能力，所訂契約均視為無效。

2. **訂立契約必須經過要約程序**：契約必須經過當事人雙方的要約與承諾，即契約條文中常見的「經雙方同意」，方能視為成立。

3. **契約不得違反法律強制或禁止之規定**：如訂定賭博契約或販毒走私契約，因違反法律禁止事項，皆屬無效。

4. **契約必須具備法定方式**：契約應以書面方式為之，同時應詳細載明法

定事項，如契約名稱、當事人姓名、標的物內容與價值等。

5. **不得以不可能之給付為契約標的**：凡是不可能的行為，或無法交易的物品，均不可作為契約之標的。例如委託對方移山倒海，或是開價欲販售日月星辰之訂約，皆屬無效。

三、契約的種類

　　以下是日常生活中常見的契約種類：

1. **買賣契約**：當事人一方將動產（汽車、家具）或不動產（土地、房屋）的財產權移轉給他方，而他方支付價金之契約。

2. **租賃契約**：當事人約定，一方以物租與他方使用收益，而他方支付租金之契約。

3. **借貸契約**：借貸可分為使用借貸與消費借貸。使用借貸（借用物品）意指當事人一方以物交付他方，而約定他方於無償使用後應返還其物。消費借貸（金錢借貸關係）意指當事人一方移轉金錢或其他代替物之所有權於他方，而約定他方以種類、品質、數量相同之物返還。

4. **僱傭契約**：當事人約定，一方於一定或不定之期限內為他方服勞務，而他方給付報酬之契約。

5. **贈與契約**：當事人約定，一方以自己之財產無償給與他方，他方允受之契約。

6. **出版契約**：當事人約定，一方以文學、科學、藝術或其他之著作，為出版而交付於他方，他方擔任印刷或以其他方法重製及發行之契約。

7. **保密契約**：當事人約定，事實、資訊、技術、情報或其他任何可歸屬於營業祕密之內容，簽定保密之契約。

8. **合夥契約**：二人以上互約出資以經營共同事業之契約。

9. **其他契約**：如承攬契約、抵押契約、出典契約、繼承契約等。契約範例如圖10-1、10-2。

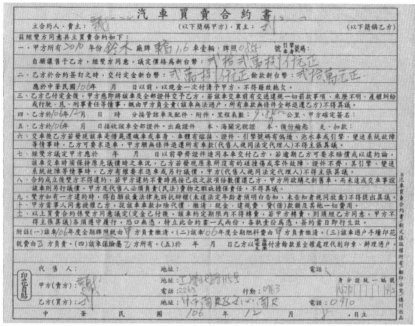

圖10-1　中古汽車買賣契約。

圖片來源：謝文禎提供。

四、定型化契約

　　政府為保護消費者權益，在行政院之下設有「消費者保護會」[1]，同時訂定〈消費者保護法〉，以促進國民消費生活安全，提升國民消費生活品質。

　　〈消費者保護法〉的第二節即為「定型化契約」，規範企業經營者與消費者之間的權利與義務。比較重要的條文有：〈消費者保護法〉第12條：「定型化契約中之條款違反誠信原則，對消費者顯失公平者，無效。」、第13條：「企業經營者應向消費者明示定型化契約條款之內容。」、第17條：「中央主管機關為預防消費糾紛，保護消費者權益，促

---

[1]　消費者保護會（https://www.cpc.ey.gov.tw/Content_List.aspx?n=1F20DA5F1FF10573）：2012年1月1日依據「行政院處務規程」第27條設立，負責消費者保護政策、法規、機制、執行成果等重要消保事務之諮詢審議及跨部門協調。

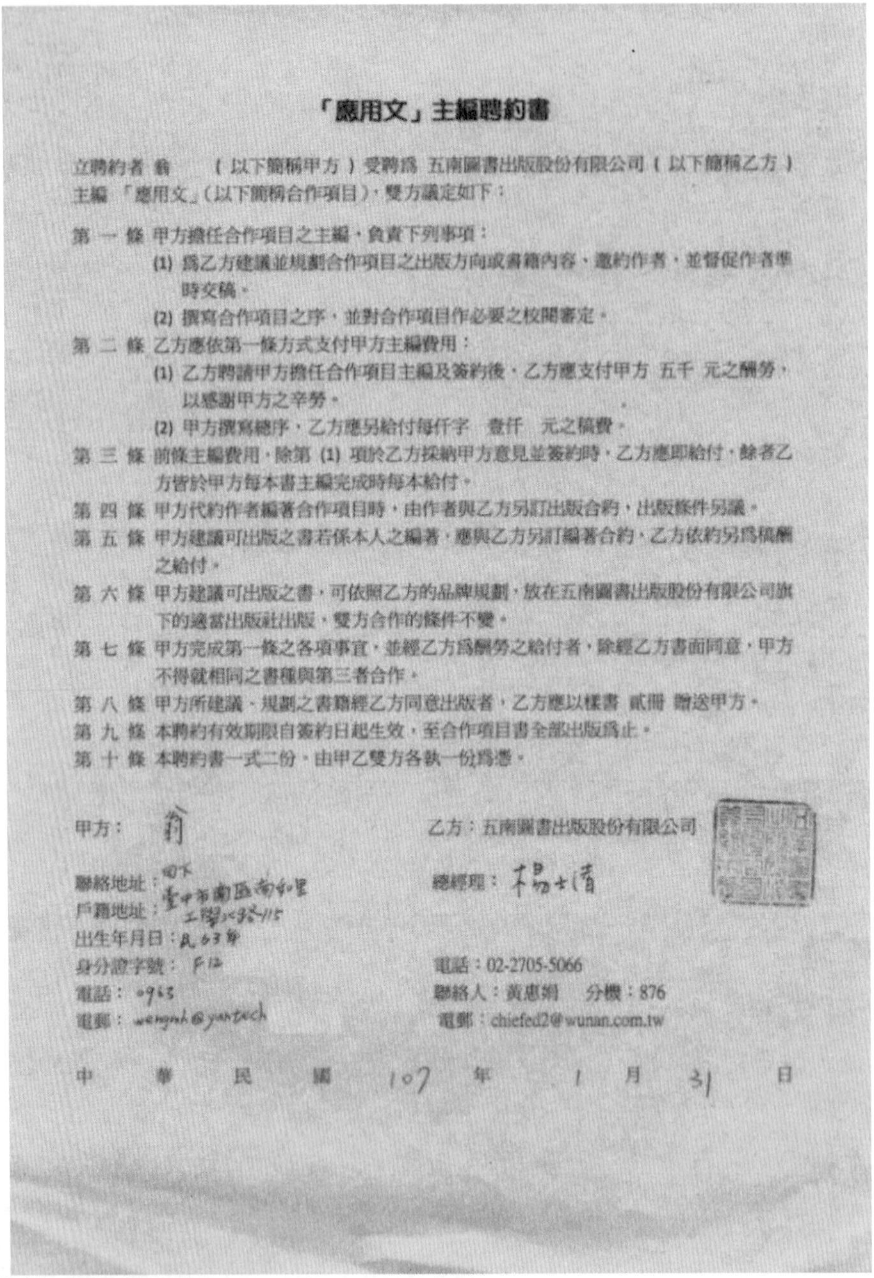

「應用文」主編聘約書

立聘約者 翁　　（以下簡稱甲方）受聘為 五南圖書出版股份有限公司（以下簡稱乙方）主編「應用文」（以下簡稱合作項目），雙方議定如下：

第　一　條　甲方擔任合作項目之主編，負責下列事項：
　　　　　　(1) 為乙方建議並規劃合作項目之出版方向或書籍內容、邀約作者，並督促作者準時交稿。
　　　　　　(2) 撰寫合作項目之序，並對合作項目作必要之校閱審定。

第　二　條　乙方應依第一條方式支付甲方主編費用：
　　　　　　(1) 乙方聘請甲方擔任合作項目主編及簽約後，乙方應支付甲方 五千 元之酬勞，以感謝甲方之辛勞。
　　　　　　(2) 甲方撰寫總序，乙方應另給付每仟字 壹仟 元之稿費。

第　三　條　前條主編費用，除第 (1) 項於乙方採納甲方意見並簽約時，乙方應即給付，餘者乙方皆於甲方每本書主編完成時每本給付。

第　四　條　甲方代約作者編著合作項目時，由作者與乙方另訂出版合約，出版條件另議。

第　五　條　甲方建議可出版之書若係本人之編著，應與乙方另訂編著合約，乙方依約另為稿酬之給付。

第　六　條　甲方建議可出版之書，可依照乙方的品牌規劃，放在五南圖書出版股份有限公司旗下的適當出版社出版，雙方合作的條件不變。

第　七　條　甲方完成第一條之各項事宜，並經乙方為酬勞之給付者，除經乙方書面同意，甲方不得就相同之書種與第三者合作。

第　八　條　甲方所建議、規劃之書籍經乙方同意出版者，乙方應以樣書 貳冊 贈送甲方。

第　九　條　本聘約有效期限自簽約日起生效，至合作項目書全部出版為止。

第　十　條　本聘約書一式二份，由甲乙雙方各執一份為憑。

甲方：翁

聯絡地址：日本
戶籍地址：臺中市南區南和里
　　　　　工學八路41號
出生年月日：民63年
身分證字號：F12
電話：0963
電郵：wengnh@yuntech

乙方：五南圖書出版股份有限公司

總經理：楊士清

電話：02-2705-5066
聯絡人：黃惠娟　分機：876
電郵：chiefed2@wunan.com.tw

中　華　民　國　107　年　1　月　31　日

圖10-2　圖書出版契約。

圖片來源：本文作者提供。

進定型化契約之公平化，得選擇特定行業，擬訂其定型化契約應記載或不得記載事項，報請行政院核定後公告之。」

　　政府提供消費者參考的定型化契約範本，都與民眾各種消費行為息息相關，例如：〈短期補習班補習服務契約書〉、〈小客車租賃定型化契約〉、〈成屋買賣契約書〉及〈瘦身美容定型化契約〉等。這些範本都可以在行政院全球資訊網[2]下載。

五、契約的結構

　　一般契約的主要結構，包含了以下幾個項目：

（一）契約名稱

（二）雙方當事人姓名（雙方一致同意）

（三）標的物內容

（四）標的物之價值

（五）契約履行的日期或期限

（六）契約的權利及義務

（七）違約處理

（八）契約分存

（九）當事人簽名蓋章（或有第三方見證人）

（十）訂約日期

---

[2]　行政院全球資訊網－資訊與服務－消費者保護－定型化契約範本（https://www.ey.gov.tw/Page/37D1D3EDDE2438F8）。

(一) 定型化契約範例一：

藝文表演票券定型化契約範本

中華民國 101 年 6 月 29 日訂定

中華民國 107 年 5 月 16 日修正

本契約於中華民國＿＿＿年＿＿＿月＿＿＿日經消費者審閱＿＿＿日（不得少

於三日）。

立契約書人

（消費者名稱）

（企業經營者）

負責人姓名：

營利事業統一編號：

營業所地址：

營業所電話：

傳真：

網址：

電子信箱：

第一條　定義

本契約所稱藝文表演票券，指針對現場演出之音樂、戲劇、舞蹈或

其他形式之藝文表演活動所公開販售並向消費者收取對價之無記名

式（或記名式）證券。但電影片票券或其他目的事業主管機關另有

規定者，不在此限。

1

第二條 適用範圍

消費者、企業經營者雙方關於本藝文表演票券之權利義務，依本契約條款之約定定之；本契約未約定者，適用中華民國有關法令之規定。

第三條 定型化契約解釋原則

本契約條款如有疑義時，應為有利於消費者之解釋。

第四條 銷售資訊

企業經營者應以適當方式，向消費者說明藝文表演票券之票價、演出時間、演出地點、座次、節目名稱、銷售方式、預售期間、優惠方案及其他票券銷售上消費者所應知悉之事項。

第五條 表演內容之真實

企業經營者應確保合於宣稱內容之演出。

企業經營者之廣告中就表演內容所為之說明或保證，消費者得據此而為主張。企業經營者不得約定廣告不構成契約之內容或僅供參考。

第六條 表演內容變動之處理

藝文表演主要表演人員或主要節目內容，於預定表演前發生變動時，企業經營者應即以適當方式通知消費者並以明顯方式公告之。

2

圖10-3 藝文表演票券定型化契約。

（資料來源：行政院全球資訊網）

【說明】 欣賞偶像或團體演唱會，臺上勁歌熱舞，臺下粉絲大聲嘶吼，是時下年輕人的休閒最愛。但也經常傳出許多消費糾紛，如延遲開唱讓歌迷苦苦等候、歌手提前快閃，甚至表演無預警取消等。建議購買票券前，應該多了解票券銷售契約中有關入場規範、退換票以及消費爭議處理[3]等規則。

3　例如表演內容變動之處理、票券毀損滅失及遺失之入場機制。

(二) 定型化契約範例二：

國外旅遊定型化契約範本

中華民國 93 年 11 月 5 日觀業字第 0930030216 號函修正

中華民國 105 年 12 月 12 日觀業字第 1050922838 號函修正

立契約書人

（本契約審閱期間至少一日，__年__月__日由甲方攜回審閱）

旅客（以下稱甲方）

姓名：

電話：

住居所：

緊急聯絡人

姓名：

與旅客關係：

電話：

旅行業（以下稱乙方）

公司名稱：

註冊編號：

負責人姓名：

電話：

營業所：

甲乙雙方同意就本旅遊事項，依下列約定辦理。

第一條（國外旅遊之意義）

本契約所謂國外旅遊，係指到中華民國疆域以外其他國家或地區旅遊。

赴中國大陸旅行者，準用本旅遊契約之約定。

第二條（適用之範圍及順序）

甲乙雙方關於本旅遊之權利義務，依本契約條款之約定定之；本契約中未約定者，適用中華民國有關法令之規定。

第三條（旅遊團名稱、旅遊行程及廣告責任）

本旅遊團名稱為_____

一、 旅遊地區（國家、城市或觀光地點）：_____

1

二、　行程（啟程出發地點、回程之終止地點、日期、交通工具、
　　　住宿旅館、餐飲、遊覽、安排購物行程及其所附隨之服務
　　　說明）：_____

　　與本契約有關之附件、廣告、宣傳文件、行程表或說明會之說明
內容均視為本契約內容之一部分。乙方應確保廣告內容之真實，對甲
方所負之義務不得低於廣告之內容。

　　第一項記載得以所刊登之廣告、宣傳文件、行程表或說明會之說
明內容代之。

　　未記載第一項內容或記載之內容與刊登廣告、宣傳文件、行程表
或說明會之說明記載不符者，以最有利於甲方之內容為準。

第四條（集合及出發時地）

　　甲方應於民國_____年_____月_____日_____時_____分於
_____準時集合出發。甲方未準時到約定地點集合致未能出發，
亦未能中途加入旅遊者，視為甲方任意解除契約，乙方得依第十三條
之約定，行使損害賠償請求權。

第五條（旅遊費用及付款方式）

　　旅遊費用：除雙方有特別約定者外，甲方應依下列約定繳付：

一、　簽訂本契約時，甲方應以_____(現金、信用卡、轉帳、
　　　支票等方式)繳付新臺幣_____元。

二、　其餘款項以_____(現金、信用卡、轉帳、支票等方式)
　　　於出發前三日或說明會時繳清。

　　前項之特別約定，除經雙方同意並增訂其他協議事項於本契約第
三十七條，乙方不得以任何名義要求增加旅遊費用。

2

圖10-4　國外旅遊定型化契約。

（資料來源：行政院全球資訊網）

【說明】每到寒暑假旅遊旺季，機場人山人海，民眾出國旅遊人數逐年
　　　　創新高。除了慎選合法經營、信用良好旅行社，挑選喜愛的行程
　　　　外，旅客也應仔細檢視旅遊契約內容，確認出發前付款方式、費
　　　　用涵蓋項目[4]，以及旅途中行程延誤或旅遊內容變更的處理方式。

[4]　費用涵蓋項目是否包括代辦證件之行政規費、交通運輸費、餐飲費、住宿費、遊覽費用、服務費
　　等。

(三) 定型化契約範例三：

信用卡定型化契約範本

金融監督管理委員會 103 年 09 月 12 日金管銀合字

第 10300245321 號公告修正

申請人與○○銀行／股份有限公司（註：請載明發卡機構全銜）（以下簡稱發卡機構）（註：發卡機構得自行訂定其他簡稱）間因申請持用信用卡事宜，雙方約定並願遵守下列條款：

第一條 （定義）

本契約所用名詞定義如下：

一、「持卡人」：指經發卡機構同意並核發信用卡之人，且無其他特別約定時，包含正卡及附卡持卡人。

二、「收單機構」：指經各信用卡組織授權辦理特約商店簽約事宜，並於特約商店請款時，先行墊付持卡人交易帳款予特約商店之機構。

三、「特約商店」：指與收單機構簽訂特約商店契約，並依該契約接受信用卡交易之商店，且無其他特別約定時，包含辦理預借現金之機構。

四、「信用額度」：指如無其他特別約定時，係指發卡機構依持卡人之財務收入狀況、職業、職務或與金融機構往來紀錄等信用資料，核給持卡人累計使用信用卡所生帳款之最高限額。

五、「應付帳款」：指如無其他特別約定時，係指當期及前期累計未繳信用卡消費全部款項、預借現金金額，加上循環信用利息、年費、預借現金手續費、掛失手續費或調閱簽帳單手續費等其他應繳款項。

六、「得計入循環信用本金之帳款」：指依第十四條第四項或第十五條第二項計算循環信用時，自

☐各筆帳款入帳日起

☐各筆帳款結帳日起

☐各筆帳款當期繳款截止日起

（註：各發卡機構可選定其一做為起息日，但不得早於實際撥款日，並對持卡人負有說明義務）至全部應付帳款結清之日止，所有入帳之每筆信用卡消費款項與預借現金金額之未清償部分，但不包含當期消費帳款、當期預借現金金額、循環信用利息、違約金及年費、預借現金手續費、掛失手續費或調閱簽帳單手續費等費用。

七、「入帳日」：指發卡機構代持卡人給付款項予收單機構或特約商店或為持卡人負擔墊款義務，並登錄於持卡人帳上之日。

八、「結匯日」：係指持卡人於國外持卡消費後，由發卡機構或發卡機構授權之代理人依各信用卡組織按約所列匯率，將持卡人之外幣應付帳款折算為新臺幣或約定外幣結付之日。

九、「結帳日」：係指發卡機構按期結算持卡人應付帳款之截止日。超過結帳日後始入帳之應付帳款列入次期計算之。

十、「繳款截止日」：指持卡人每期繳納應付帳款最後期限之日。

十一、「帳單」：指發卡機構交付持卡人之交易明細暨繳款通知書。

第二條　（申請）

信用卡申請人應將個人、財務資料及其他相關資料據實填載於申請表格各欄，並依發卡機構要求提出真實及正確之有關資料或證明文件。

持卡人留存於發卡機構之資料有所變動時，應即通知發卡機構。（註：各發卡機構如特別要求以書面通知者，應於契約中明定之。）

以學生身分申請信用卡者，發卡機構應將發卡情事通知其父母或法定代理人。

第三條　（附卡持卡人）

正卡持卡人得經發卡機構同意為第三人申請核發附卡。正卡持卡人就其本人與附卡持卡人使用信用卡所生應付帳款之全部負清償責任。

如正卡持卡人未依前項規定清償時，附卡持卡人僅就使用該附卡所生應付帳款負清償責任。

正卡持卡人得隨時通知發卡機構停止或終止附卡持卡人之使用權利。

發卡機構停止正卡持卡人使用信用卡之權利或正卡信用卡契約被終止或解除時，除另有約定外，附卡亦應隨之停止使用、契約終止或解除。

第四條　（個人資料之蒐集、處理及利用）

發卡機構僅得於信用卡申請或履行契約之目的範圍內，蒐集、處理、利用及國際傳輸信用卡申請人或持卡人（含保證人）之個人資料及與金融機構之往來資料。但相關法規另有規定者，不在此限。

基於前項之特定目的範圍內，信用卡申請人或持卡人（含保證人）同意發卡機構得將信用卡申請人或持卡人（含保證人）之個人資料及與發卡機構之往來資料（以下簡稱個人資料）提供予持卡人往來之金融機構、財團法人聯合信用卡處理中心、財金資訊股

圖10-5　信用卡定型化契約。

（資料來源：行政院全球資訊網）

【說明】年滿二十歲的大學生可申辦信用卡，提早建立個人信用，享受使用塑膠貨幣的便利。但在信用卡申請書中，學生信用額度與使用方式都有限制[5]，資格審核也更為嚴格，都是為了避免同學們過度消費而擴張信用。

---

[5] 學生持卡不得超過三家，每家信用額度不得超過新臺幣二萬元。銀行會將發卡情事通知本人父母或法定代理人，請其注意信用卡使用情形。

六、契約範例

㈠買賣契約

買賣契約書

　　立契約人 賣方○○○（以下簡稱甲方）；買方○○○（以下簡稱乙方），茲為買賣事宜，雙方同意訂立契約條件如下，以資遵循：

第一條　本契約標的物為○○○，內容、款式及數量詳如附件。

第二條　買賣總價款經雙方議定為新臺幣○○○元整。

第三條　付款方式：

　　　　買賣價款分為三期繳付，分別為民國○年○月○日、民國○年○月○日、民國○年○月○日，各繳付新臺幣○○○元整。

第四條　甲方於本約成立日，應將買賣標的交付乙方掌管。

第五條　乙方於本約第三條所定日期未繳付價款時，依違約論。應自違約之日起五日內將買賣標的返還，已付之價款全數由甲方沒收作為懲罰性違約金，並解除契約。

第六條　本契約之解釋、效力及其他未盡事宜，皆以相關法律為準則。倘有任何糾紛，雙方應依誠信原則解決。如有訴訟必要，雙方同意以○○地方法院為第一審管轄法院。

第七條　本契約一式二份，甲乙雙方各執一份為據。

　　立契約書人

　　甲方：　○○○

　　身分證字號：

　　住址：

　　乙方：　○○○

　　身分證字號：

　　住址：

中華民國○○○年○月○日

【說明】各種物品買賣是日常生活中常見的交易行為，小至二手衣物、電腦，大至家具、汽機車，若是交易的金額較龐大，唯恐口說無憑，建議可訂定買賣契約，以確實保障買賣雙方間彼此權益。

㈡租賃契約

租賃契約書

立契約書人 出租人○○○（以下簡稱甲方）

甲方爲□所有權人□轉租人（應提示經原所有權人同意轉租之證明文件）

承租人○○○（以下簡稱乙方），茲爲房屋租賃事宜，雙方同意契約條款如下：

第一條：租賃標的

　一、房屋標示：○○縣（市）○○鄉（鎮、市、區）

　　　　　　　　　○○路（街）○段○巷○弄○號○樓之○。

　二、租賃範圍：

　　　㈠房屋 □全部　□部分：第　層□　房間　間　□第　室

　　　　面積 ○○平方公尺（約○○坪）。

　　　㈡附屬設備：詳如設備清單。

第二條：租賃期間

　自民國○年○月○日起至民國○年○月○日止，計○年○月。

第三條：租金約定及與支付

　一、乙方每月租金爲新臺幣○○○元整，每期應繳納○個月租金，並於每○月○

　　　日前支付，不得藉任何理由拖延或拒絕；甲方不得任意要求調整租金。

　二、租金支付方式：

　　　□現金繳付

　　　□轉帳繳付：金融機構：○○銀行

　　　戶名：○○○，帳號：○○○

第四條：押金約定及返還

　押金爲新臺幣○○○元整。乙方應於簽訂本契約之同時，一次全數給付予甲方，

　甲方並於租賃關係消滅、乙方返還租賃物時，扣除乙方應支付之相關費用（不含

　租金）後，無息返還乙方。

第五條：租賃期間相關費用之支付

　一、本租賃物應納之一切稅費，如房屋稅、地價稅等，皆由甲方自行負擔。

　二、租賃期間因使用本租賃物所產生之相關費用約定如下：

　　　㈠管理費：

　　　　□無　□租金內含　□房客自付，每月○○元。

　　　㈡水費：

　　　　□無　□租金內含

　　　　□房客自付（持帳單繳款）　□房客另付，每□度□月○○元。

　　　㈢電費：

　　　　□無 □租金內含

　　　　□房客自付（持帳單繳款） □房客另付，每□度□月○○元。

　　　㈣瓦斯費：

　　　　□無　□租金內含

　　　　□房客自付（持帳單繳款） □房客另付，每□度□月○○元。

㈤其他費用及其支付方式。
　　前揭費用除另有規定外應由乙方負擔。
第六條：房屋使用之限制
　一、本房屋使用非經甲方同意，不得變更用途。乙方應遵守公寓大廈或社區住戶
　　　使用之規約或其他決議，不得違法使用。
　二、未經甲方之同意，乙方不得將本房屋之全部或一部分轉租、出借或以其他方
　　　式供他人使用，或將租賃權轉讓於他人。
第七條：修繕及改裝
　一、房屋或附屬設備屬自然使用所產生之耗損，而有修繕之必要時，應由甲方負
　　　責修繕；如可歸責於乙方之事由，不在此限。
　二、前項由甲方負責修繕者，如甲方未於乙方所定相當期限內修繕時，乙方得自
　　　行修繕並請求甲方償還其費用或於租金中扣除。
第八條：承租人之責任
　　乙方應以善良管理人之注意保管房屋，如違反此項義務，致房屋毀損或滅失者，
　　應負損害賠償責任。
第九條：提前終止租約
　　甲乙雙方得於期限屆滿前，提前終止本租約，但提出之一方應於一個月前通知他
　　方。一方未為先期通知而逕行終止租約者，應賠償他方相當於一個月租金金額之
　　違約金（最高不得超過一個月）。
　　前項之終止租約者，甲方若有已預收租金，應返還予乙方。
第十條：出租人終止租約
　　乙方有下列情形之一者，甲方得終止租約：
　一、遲付租金之總額達二個月之金額，並經甲方定相當期限催告，乙方仍不為支
　　　付。
　二、違反第六條使用房屋的限制規定而為使用。
　三、違反第七條修繕改裝規定而為使用。
　四、積欠管理費或其他應負擔之費用達相當於二個月之租金金額，經甲方定相當
　　　期限催告，乙方仍不為支付。
第十一條：承租人終止租約
　　甲方有下列情形之一者，乙方得終止租約：
　一、房屋損害而有修繕之必要時，其應由甲方負責修繕者，經乙方定相當期限催
　　　告，仍未修繕完畢。
　二、房屋有危及乙方或其同居人之安全或健康之瑕疵時。
第十二條：房屋之返還
　　租賃關係消滅時，乙方應即將租賃房屋回復原狀返還甲方，並完成點交手續。如
　　租賃房屋之改裝係經甲方之同意者，乙方以現狀遷空返還。
第十三條：遺留物之處理
　　租期屆滿或租賃契約終止後，乙方之遺留物依下列方式處理：
　一、乙方返還房屋時，任由甲方處理。
　二、乙方未返還房屋時，經甲方定相當期限催告搬離仍不搬離時，視為廢棄物任
　　　由甲方處理。

前項遺留物處理所需費用，由押金先行扣抵，如有不足，甲方得向乙方請求給付不足之費用。

第十四條：爭議處理

一、本契約所發生之爭議，雙方得依房屋所在地之直轄市、縣（市）不動產糾紛調處委員會、消費爭議調解委員會、鄉鎮市（區）調解委員會申請調解。

二、如有涉及訴訟，雙方同意以○○地方法院為管轄法院。

第十五條：契約分存

本契約書一式二份，由立約人各執乙份為憑。

立契約書人

甲方：　○○○

身分證字號：

住址：

乙方：　○○○

身分證字號：

住址：

中華民國○○○年○月○日

【說明】在就讀學校附近租一間學生雅房或套房，對離鄉背井、負笈求學的同學來說，是四年大學生活中重要的事。租賃契約可保障房東房客彼此的權益，水費、電費、網路費按度或是按月計算；房間漏水、馬桶不通時該如何解決……，同學們在簽約租屋前應仔細審視契約內容，好讓自己能住的安心又開心。

㈢僱傭契約

僱傭契約書

立契約人　實習機構名稱○○○（以下簡稱甲方）；○○○先生小姐（以下簡稱乙方）茲為校外實習事宜，雙方同意訂定契約條款如下，以資共同遵守履行：

第一條：僱用期間

甲方自民國○年○月○日至民國○年○月○日，僱用乙方擔任實習學生，每週實習時數○小時，每日實習時數○小時。如欲終止契約，悉依〈勞動基準法〉及相關規定辦理。

第二條：工作項目

乙方接受甲方之指導監督，從事相關工作及甲方臨時交辦事務。

第三條：工作地點與時間

㈠乙方勞務提供之工作地點為○○○。

(二)乙方正常工作時間依甲方規定辦理，甲方得視業務需要採取輪班制或調整每日上下班時間，延長工作時間之補休及加班費依〈勞動基準法〉及相關規定辦理。

第四條：僱用報酬

(一)甲方於每月○日支付乙方新臺幣○○元，勞工退休金及健保費之自付額部分由乙方負擔。（依規定須於契約中明示）

(二)甲方應為乙方加入勞工保險，其投保薪資等級為○○元。（依規定須於契約中明示）

(三)乙方薪資全額之勞工退休金提撥6%由甲方支付，乙方亦得自願提繳○%。

第五條：請假及（特別）休假

乙方請假及（特別）休假須依甲方相關規定辦理。

第六條：受僱人應負之責任

(一)乙方於僱用期間願接受甲方工作上之指派調遣，並有忠實履行職務及甲方有關規定之義務。如有違背，依〈勞動基準法〉及相關規定辦理。

(二)為顧及甲方之業務機密，乙方因實習所知悉甲方之業務機密，無論於實習期間或實習終了後，均不得洩漏與任何第三人或自行加以使用。

第七條：權利義務之其他依據

甲、乙雙方僱用及受僱期間之權利義務關係，悉依本契約規定辦理，本契約未盡事宜，依〈勞動基準法〉及相關規定辦理。

第八條契約修訂：

本契約經雙方同意，得以書面隨時修訂。

第九條契約分存：

本契約書一式三份，由雙方分執，並送主管機關備案。

立契約書人

甲方：　○○○

負責人：

登記證字號：

地址：

乙方：　○○○

身分證字號：

住址：

中華民國○○○年○月○日

【說明】〈大專畢業生至企業職場實習方案辦法〉已於2013年6月廢止，但是在校生提前進入職場，利用寒暑假到產業界實習，已是近年來各技專院校積極鼓勵與推動的政策。同學們不管是透過校系所媒合或是自行應徵，都應留意實習契約中所定的實習期限、工作時間地點以及薪資請假等權利義務規定，才能得到寶貴實習經驗，同時保障自己的權益。

貳、書狀

一、書狀概說

　　書狀與契約的基本精神大致相同，「書」與「狀」皆指文書資料，當事人因法院訴訟或其他生活事務需要，以書面方式記錄依法聲請、登記或執行的相關內容，稱為「書狀」。

二、書狀的種類

㈠訴訟書狀

　　法院訴訟書狀（簡稱「訴狀」）的撰寫事涉法律專業，更可能影響訴訟的判決結果。為求謹慎，建議請教律師、法律顧問或法律事務所專業團隊，在此只依據使用對象，介紹以下幾種常見類型：

告訴狀：被害人、告訴人或告發人為被告涉犯某案，依法提出告訴。

告發狀：被害人、告訴人或告發人為被告涉犯某案，依法提出告發。

答辯狀：嫌疑人、被告或受刑人因被訴案依法提出答辯事宜。

委任狀：嫌疑人、被告或受刑人依法律之規定，委任受任人為代理人。

㈡其他書狀

　　生活中的其他書狀，使用範圍則較為廣泛。舉凡當事人所表示的意見、條件、聲明或請求，均可以書面文件載明之，以為日後之憑據。

申請書：向行政機關或相關單位提出請求事項之書面文件。

授權書：又稱委託書，本人因故未能到場辦理，由代理人代理提出請求時，所需檢附之書面文件。

聲明書：請求公證人辦理相關事項之聲明。

同意書：又稱協議書，以書面文件載明當事人達成協議所簽署表示贊成之意見。

和解書：以書面文件載明當事人雙方停止紛爭，同意和解之條件。

切結書：以書面文件載明當事人願負的責任。

三、書狀範例

㈠申請書範例：

國立雲林科技大學轉系(所)申請書			編號：	
姓　名		學　　號		
原屬系(所)級	系(所) 學制　　年級	擬轉入 系(所)級		系(所) 學制　　年級
申請原因		繳交資料 (請依系所指定 勾選)	□歷年在學成績單 □原系(所)導師書面函 □轉系(所)說明書 □學生書面報告 □輔導中心性向測驗結果書 □其他(請列出)	
身份類別	□一般生 □港澳生 □僑生 □陸生	電　話 ※請填寫正確以確保聯 絡考生參與初審與面試	家中： 手機：	
通訊處				
入學管道	□技優保送□技優甄審□申請入學□推薦甄選□繁星入學□聯合登記分發□其它			
學生簽章		家長簽章		

審　　查　　流　　程			
(1)原屬系(所)級	(2)註冊組彙辦	(3)擬轉入系(所)級	(4)教務長批核

攸關考生權益，請詳閱轉系(所)重要說明及轉系考審規範。

圖10-6　轉系申請書。

（資料來源：國立雲林科技大學學務處）

【說明】俗話說：「山不轉，路轉。」同學們如果入學後發現原錄取科系課程規劃與個人期待有落差，不妨留意校內公告時間，依規定繳交所需資料，申請轉入其他各系所，或許更能符合自己的興趣與專長。

㈡同意書範例：

107 年暑期雲科大國際志工服務隊
【個人資料提供同意書】

本同意書說明國立雲林科技大學（以下簡稱本校）將如何處理本表單所蒐集到的個人資料。當您勾選「我同意」並簽署本同意書時，表示您已閱讀、瞭解並同意接受本同意書之所有內容及其後修改變更規定。若您未滿二十歲，應於您的法定代理人閱讀、瞭解並同意本同意書之所有內容及其後修改變更規定後，方得使用本服務，但若您已接受本服務，視為您已取得法定代理人之同意，並遵守以下所有規範。

一、　基本資料之蒐集、更新及保管

　1. 本院蒐集您的個人資料在中華民國「個人資料保護法」與相關法令之規範下，蒐集、處理及利用您的個人資料。

　2. 請於申請時提供您本人正確、最新及完整的個人資料。

　3. 本校因執行業務所蒐集您的個人資料包括姓名、身分證字號、聯絡方式（電話、email、地址等）身體狀況、背景、緊急聯絡人及經歷介紹…等等。

　4. 若您的個人資料有任何異動，請主動向本校申請更正，使其保持正確、最新及完整。

　5. 若您提供錯誤、不實、過時或不完整或具誤導性的資料，您將損失相關權益。

　6. 您可依中華民國「個人資料保護法」，就您的個人資料行使以下權利：

　　　(1) 請求查詢或閱覽。(2)製給複製本。(3)請求補充或更正。(4)請求停止蒐集、處理及利用。(5)請求刪除。

但因本校執行職務或業務所必須者，本校得拒絕之。若您欲執行上述權利時，請參考本校【隱私權政策宣告】之個人資料保護聯絡窗口聯絡方式與本校連繫。但因您行使上述權利，而導致權益受損時，本校將不負相關賠償責任。

二、　蒐集個人資料之目的

　1. 本校為執行國際志工相關業務需蒐集您的個人資料。

　2. 當您的個人資料使用方式與當初本校蒐集的目的不同時，我們會在使用前先徵求您的書面同意，您可以拒絕向本校提供個人資料，但您可能因此喪失您的權益。

　3. 本校利用您的個人資料期間為即日起 5 年內。

三、　基本資料之保密

　您的個人資料受到本校【隱私權政策宣告】之保護及規範。本校如違反「個人資料保護法」規定或因天災、事變或其他不可抗力所致者，致您的個人資料被竊取、洩漏、竄改、遭其他侵害者，本院將查明後以電話、信函、電子郵件或網站公告等方法，擇適當方式通知您。

四、　同意書之效力

　1. 當您勾選「我同意」並簽署本同意書時，即表示您已閱讀、瞭解並同意本同意書之所有內容，您如違反下列條款時，本校得隨時終止對您所提供之所有權益或服務。

　2. 本校保留隨時修改本同意書規範之權利，本校於修改規範時，於本校網頁(站)公告修改之事實，不另作個別通知。如果您不同意修改的內容，請勿繼續接受本服務。否則將視為您已同意並接受本同意書該等增訂或修改內容之拘束。

　3. 您自本同意書取得的任何建議或資訊，無論是書面或口頭形式，除非本同意書條款有明確規定，均不構成本同意條款以外之任何保證。

五、　準據法與管轄法院

　本同意書之解釋與適用，以及本同意書有關之爭議，均應依照中華民國法律予以處理，並以臺灣雲林地方法院為管轄法院。

□我已閱讀並接受上述同意書內容

　當事人簽名(請親簽)_____　　　年　月　日

圖10-7　個人資料提供同意書。

（資料來源：國立雲林科技大學學務處）

【說明】透過〈個人資料保護法〉來保護個人隱私，已是近年來不可避免的趨勢。同學們利用寒暑假參加志工團隊或參與社會服務，在填寫出生日期、地址、身分證字號與學經歷等個資的同時，也應一併簽署個資提供同意書，並檢視其蒐集、保管與保密規範，以免機構違法使用或洩漏了個人資料，造成困擾。

練習題

請參考契約結構與相關範例,撰寫一份「二手機車買賣契約書」或「學生套房租賃契約書」。

第十章
對聯

翁敏修

一、對聯概說

　　中國文字時代久遠，涵義十分豐富。許錟輝《文字學簡編》論及中國文字的主要特質有：

1. 古今的一貫
2. 形音義的密合
3. 六書的齊全
4. 外形的方正與結構的勻稱
5. 音節的單一
6. 義蘊的豐富有條理

外形方正、結構勻稱指漢字的結構為「方塊字」，每字皆為單一的形體。音節的單一則是指漢字以聲、韻、調構成單一音節的發音。因此透過獨立漢字的進一步排列組合，就產生了長短散文之外，另一種我國文學特有景觀——韻文，包含了詩（絕句、律詩）、詞、曲，進而衍生出題辭、聯語，大大拓展了文學領域。

　　對聯的起源，據信最早始於新年佳節，民眾輒以長方形桃木板懸於門旁，上面書寫神荼、鬱壘二神名，或畫神荼、鬱壘二神像，藉以驅邪保平安，稱之為「桃符」。而到了晚唐五代，開始在桃符上題識聯語，謂之「題桃符」。據《宋史・世家二・西蜀孟氏》記載：

　　　　初，昶在蜀專務奢靡，為七寶溺器，他物稱是。每歲除，命學士為詞，題桃符，置寢門左右。末年，學士幸寅遜撰詞，昶以其非工，自命筆題云：「新年納餘慶，嘉節號長春。」以其年正月十一日降，太祖命呂餘慶知成都府，而

「長春」乃聖節名也。[1]

後蜀後主孟昶（919-965年）以學士幸寅遜所題桃符詞不夠工整，遂自撰一聯，流傳至今。

宋元以後，書寫聯語之風更盛。相傳蘇軾即為題聯好手，《墨莊漫錄》云：

> 東坡在黃州，而王文甫家東湖，公每乘興必訪之。一日逼歲除，至其家，見方治桃符，公戲書一聯於其上云：「門大要容千騎入，堂深不覺百男歡。」[2]

南宋大儒朱熹為建寧府學明倫堂題聯云：「師師庶僚，居安宅而立正位；濟濟多士，由義路而入禮門。」元代名畫家趙孟頫曾過揚州迎月樓，主人求作春聯，趙氏揮毫題曰：「春風閬苑三千客，明月揚州第一樓。」主人大喜，以紫金壺奉酬。其後明太祖朱元璋（1328-1398年）更雅好此道，相傳每每於殘臘出巡，遍覽民間春帖，也常於興之所至，隨處御筆留題，因此在民間有「對聯天子」的雅稱。梁章鉅《楹聯叢話·故事》引《簪雲樓雜說》有一則明太祖為閹屠戶題製春聯的趣事：

> 時太祖都金陵，於除夕忽傳旨：「公卿士庶家門上須加春聯一副。」太祖親微行出觀，以為笑樂。偶見一家獨無之，詢知為醃豕苗者，尚未倩人耳。太祖為大書曰：「雙手劈開生死路；一刀割斷是非根。」投筆徑去。嗣太祖復出，不見懸挂，因問故，答云：「知是御書，高懸中堂，燃香祝聖，為獻歲之瑞。」太祖大喜，賚銀三十兩，俾遷業焉。[3]

---

1 《宋史》卷479。
2 《墨莊漫錄》卷8。
3 梁章鉅《楹聯叢話》卷1。

再觀諸民間小說，吳承恩《西遊記》第二十三回，已出現了「春聯」二字：

> 久無人出，行者性急，跳起身入門裡看處，原來有向南的三間大廳，簾櫳高控。屏門上掛一軸壽山福海的橫披畫，兩邊金漆柱上，貼著一副大紅紙的春聯，上寫著：「絲飄弱柳平橋晚；雪點香梅小院春。」

由明清到現代，春聯、門聯到風景名勝楹聯，與人祝壽、贈別、哀祭等不同場合，對聯已成為日常生活中兼具文學意味與藝術涵養的重要應用文體，不但有歷代經典聯語雋永流傳，吾人更可玩文尋典，自作新辭，讓對聯抒情的薪火得以傳承永續。

二、對聯的構成

對聯創作最重要的就是辭意貼切，先設定想要表達的主題，不管是藉以抒懷、寫景、詠史、贈別或哀輓，接下來引經據典與遣詞造句，都應緊扣題旨，才能以有限之篇幅，發揮無窮之妙用。

想完成一副完整的對聯，還須注意以下幾件事：

㈠聲調

對聯與其他韻文一樣，需講求內容文字的聲調協和。傳統基本原則為「仄起平收」，意指上聯的最後一字要為仄聲，下聯的最後一字則為平聲。

四言聯「平平仄仄，仄仄平平」

例：書中有我　——｜｜

　　眼底無他　｜｜——

五言聯「仄仄平平仄，平平仄仄平」

例：雅量涵高遠　｜｜——｜

　　清言見古今　——｜｜—

七言聯「平平仄仄平平仄，仄仄平平仄仄平」

例：林泉到處資清賞 ——｜｜——｜

　　翰墨隨緣擬古歡 ｜｜——｜｜—

　　以上三聯都是屬於平仄協和的正格。但有時為了用典或詞語搭配的需要，無法盡合格律，因此撰聯者又參考律詩之作法，可採用「一、三、五不論，二、四、六分明。」的變通方式。

㈡字數

　　最初之對聯多為四言、五言、七言三種。四言聯近於《詩經》體裁，五言聯、七言聯則脫胎於絕句與律詩，皆是上下兩聯字數相同的形式：

四言聯

　　玉韞庭照，

　　蘭生室香。

五言聯

　　風月隨人好，

　　江湖照膽清。

七言聯

　　青山有例歸高士，

　　素月對人如古禪。

　　其後又受到宋詞、元曲長短句的啟示，文人雅士開始各逞新詞，恣意發揮，六言、八言、九言乃至十言以上之長聯，遂觸目皆是，甚至有上下兩聯合計超過百餘字之作。

六言聯

　　晨流新桐初引，

　　夜碧大河前橫。

八言聯

　　石鏡含輝冰心共照，

　　銀瓶注水花氣初浮。

九言聯

旭日射銅龍上陽春曉，

和風翔玉燕中禁花濃。

十言聯

佳景天然滿眼山川圖畫，

雅懷自得四時風月樓臺。

十一言聯

言易招尤對朋友少說幾句，

書能益智勸兒孫多讀數行。

十二言聯

發上等願結中等緣享下等福，

向高處立揀平處坐往穩處行。

十三言聯

滿身花影倩人扶我欲醉眠芳草，

幾日行雲何處去除非問取黃鸝。

十五言聯

祖訓昭垂我後嗣子孫尚克欽承有永，

天心降鑑惟萬方臣庶當思容保無疆。[4]

一百五十七言長聯（共三百一十四字）

偉哉！斯真河嶽英靈乎！以諸生請纓投筆，佐曾文正創建師船，青旛一片直下長江，向賊巢奪轉小姑山去。東防歙婺，西障溢潯，日日爭命于鋒鏑叢中，百戰功高仍是秀才本色。外授疆臣辭，內授廷臣又辭。強林泉猿鶴，作霄漢夔龍。尚書劍履，迴翔上接星辰，少保旌旗飛舞，遠臨海澨。虎門開絕壁，嚴崖突兀力扼重洋。千載後過大角礮臺尋求故蹟，見者猶肅然動容，謂規模宏壯布置謹嚴，中國誠知有人在。

悲夫！今已旅常俎豆矣！憶疇昔傾蓋班荊，借阮太傅留遺講舍，明鏡三潭勸營別墅，從珂里移將退省庵來。南訪雲棲，北遊花塢，歲歲追陪到煙霞深處，兩翁契合遂聯兒輩因緣。吾家童孫幼，君家女孫亦幼。對穰

---

4 清乾隆帝御題北京故宮保和殿聯。

華桃李，感暮景桑榆。粵嶠初還，舉足已憐蹩躠，吳閶七至發言，益覺
嘔啞。鴛水遇歸橈，俄頃流連便成永訣。數月前於右臺仙館傳報靈音，
聞之為潸焉出涕，念酒坐尚溫琴歌頓杳，老夫何忍拜公祠。[5]

(三)對仗

　　除了上下聯必須字數相同之外，對聯還須講究對仗工整，一如駢
文與律詩。首先是「詞性相對」，亦即名詞對名詞，動詞對動詞，數字
對數字。例如：「道」對「德」（「道在聖傳脩在己，德由人積鑑由
天。」）；「圖書」對「金石」（「圖書四壁，金石千秋。」），屬於名
詞相對。「出」對「來」（「明月出滄海，清風來故人。」），屬於動詞
相對。「三」對「一」，「五」對「八」（「三蒼五雅識古字，一石八斗
量真才。」），屬於數字相對。

　　而就一副完整的七言聯語來看：

　一室之中有至樂，

　六經以外無奇書。

上下聯分別以「一室」對「六經」、「之中」對「以外」、「有」對
「無」、「至樂」對「奇書」，各種詞性相對極為工整。

　　其次是「句型相對」，意指上下聯兩句構成形式都要相同。舉七言聯
為例：

　萬類靜觀無異致，

　九流清品在斯文。

以「萬類靜觀」對「九流清品」；「無異致」對「在斯文」，上下聯
都屬於「上四下三」的對仗形式。

　　再舉八言聯為例：

　品節詳明德性堅定，

　事理通達心氣和平。

5　俞樾〈彭剛直公祠聯〉，《春在堂楹聯錄存》卷三。彭玉麟（1816—1890年）字雪琴，湖南衡陽
　　人。隨曾國藩創辦湘軍水師，累官至兵部尚書，卒諡「剛直」。

以「品節詳明」對「事理通達」；「德性堅定」對「心氣和平」，上下聯都屬於「上四下四」，對仗甚為工整。

(四)行款

對聯產生於駢文、近體詩流行之後，標準形式為上、下兩聯，右方為上款及上聯，左方為下聯及下款，由右而左直式書寫：

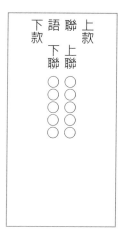

以下舉三副前人對聯為例說明：

鸞鳳和鳴好音嘉會　　　寒操先生　　　聊對湖山倒百樽　　　甲午冬月　　　上德表鴻名　　　大賢秉高鑑
鴛鴦結社涼夕新秋　　　劍虹女士　結婚誌喜　晉江吳魯　　正邀風月成三友　沅浦曾國荃　介眉父臺大人誨正
于右任敬賀

除了基本上下兩聯語創作外，上款分別為「寒操先生劍虹女士結婚誌喜」、「甲午冬月」、「介眉父臺大人誨正」，註明受贈人、撰聯原因與撰作日期。下款「于右任敬賀」、「晉江吳魯」、「沅浦曾國荃」則為製聯者署名或撰作日期與用印。

三、對聯舉隅

對聯流傳甚久，內容與形式皆五花八門、目不暇給。該如何予以妥適分類，各家說法每有不同。以下依照撰聯用意與運用時機，分類介紹相關對聯。

(一)時令

春聯當是時令聯流傳最久、使用最普遍的應用形式，聯語中多使用「春」、「慶」、「吉」、「祥」、「福」、「瑞」等字，以求新年喜氣。其流衍所及，文人於清明、端午、中秋等佳節，亦多應景撰聯記之。

一元復始，門迎百福，
萬象更新。戶納千祥。　　　　　　　　　　　　　　　　（春聯）

旭日和風暢，瑞雪辭舊歲，
祥光淑氣新。酥雨迎新春。　　　　　　　　　　　　　　（春聯）

天增歲月人增壽，
春滿乾坤福滿門。　　　　　　　　　　　　　　　　　　（春聯）

松竹梅共經歲寒，
天地人同樂好春。　　　　　　　　　　　　　　　　　　（春聯）

爆竹二三聲人間是歲，
梅花四五點天下皆春。　　　　　　　　　　　　　　　　（春聯）

酒行寒食清明際，

夢寄梅村竹隖間。　　　　　　　　　　　　　（清明）

雲藏遠岫茶煙起，

桂染中秋月色香。　　　　　　　　　　　　　（中秋）

㈡ 楹聯

　　文人墨客每於遊覽樓臺勝景或廟宇祠堂，就其人、事、時、地、物，發揮巧思嵌入聯語，因此產生了許多經典名聯。而運用之廣，從個人宅第、書房、庭園到各種營業場所，都能以楹聯彰顯特色。

1. 名勝

滕閣千姿呈獨秀，

子安一序冠群芳。　　　　　　　　　（江西南昌滕王閣聯）

我去太匆匆騎鶴仙人還送客，

茲遊良眷眷落梅時節且登樓。　　　（清錢楷題湖北武漢黃鶴樓）

惟楚有材，

於斯為盛。　　　　　　　　　　　（湖南長沙嶽麓書院聯）

振鐸啟英豪運昌斗北，

文衡權主宰化溥螺陽。　　　　　　（雲林西螺振文書院聯）

2. 祠廟

　　梁章鉅《楹聯叢話·廟祀》云：「廟中楹聯，宋元時絕無傳句，大約起於明代至本朝而始盛。文昌殿、關帝廟兩處，撰者尤多，幾於雅鄭混雜。」

先武穆而神大漢千古大宋千古，
後文宣而聖山東一人山西一人。　　　　　　（山西蒲州關帝廟聯）

兩表酬三顧，
一對足千秋。[6]　　　　　　（四川成都武侯祠聯）

百戰妙一心運用，
兩言決千古太平。[7]　　　　　　（杭州岳王廟墓聯）

開萬古得未曾有之奇洪荒留此山川作遺民世界，
極一生無可如何之遇缺憾還諸天地是創格完人。

　　　　　　（清沈葆楨題臺南延平郡王祠）

3. 第宅
清白爲人，
正直傳家。

豈異神僊宅，
時邀江海人。

無絲竹之亂耳，
樂琴書以消憂。

(三)慶弔、贈聯
　　古人往來應酬，除了題詩、撰文相互唱和之外，聯語更是賀壽、新婚
誌喜或致哀時常用的應酬文體，也能贈人以言，表示歌頌、祝福或勸勉。

6　三國蜀漢名相諸葛亮著有前後〈出師表〉，以及論三分天下的〈隆中對〉。
7　《宋史·岳飛傳》：「飛曰「『陣而後戰，兵法之常，運用之妙，存乎一心。』」。《宋史·岳
　　飛傳》：「帝初為飛營第，飛辭曰：『敵未滅，何以家為？』」或問天下何時太平，飛曰：『文臣
　　不愛錢，武臣不惜死，天下太平矣。』」

1. 祝壽

　　福如東海，
　　壽比南山。[8]

　　壽同松柏千年碧，
　　品似芝蘭一味清。

　　四萬里皇圖伊古以來從無一朝一統四萬里，
　　五十年聖壽自今以往尚有九千九百五十年。

（清紀昀賀乾隆帝五旬聖壽）

2. 賀新婚

　　此日良辰成佳偶，
　　他朝鴻案慶齊眉。

　　雀屏妙選今公子，
　　鴻案清芬古大家。

　　登甲登科七代兒孫繞膝，
　　難兄難弟九旬夫婦齊眉。　　（清徐士林賀蔣文涵夫婦九十雙壽）

3. 輓聯

　　流芳百世，
　　遺愛千秋。

　　天不遺一老，
　　人已足千秋。

8　此聯又可增字為五言聯：「福如東海水，壽比南山松。」

岱色蒼茫眾山小，
天容慘淡大星沉。　　　　　　　　　　　　　　（清紀昀輓劉統勳）

生無補乎時死無損乎數辛辛苦苦著成五百卷書流播四方是亦足矣，
仰不愧於天俯不怍於人浩浩落落歷數八十年事放懷一笑吾其歸歟。
　　　　　　　　　　　　　　　　　　　　　　（清俞樾自撰輓聯）

4. 贈勉

讀經鄭北海，
識字許汝南。

事欲稱心常不足，
人知退步便無憂。

日月卻從閒裏過，
功名不向懶中求。[9]

立德立言居之以敬，
友直友諒尊其所聞。

---

[9]　相傳為宋岳飛贈方逢辰句，惟兩人所處時代未能盡合，存疑待考。

㈣其他類

1. 格言

君子無逸，
吉人寡辭。

心術不可得罪於天地，
言行要留好樣與兒孫。　　　　　　　　　　（明袁崇煥）

數百年舊家無非積德，
第一件好事還是讀書。　　　　　　　　　　（張元濟）

2. 集句

上德若谷，
大方無隅。[10]

君子溫其如玉，
大雅卓爾不群。[11]

翠竹黃花皆佛性，
清池皓月照禪心。[12]

10　《老子》第四十一章：「上德若谷，大白若辱，廣德若不足，建德若偷，質真若渝，大方無隅，
　　大器晚成，大音希聲，大象無形，道隱無名。」

11　《詩經·秦風·小戎》：「言念君子，溫其如玉。」《漢書·景十三王傳贊》：「夫唯大雅，卓爾
　　不群，河間獻王近之矣。」

12　唐司空曙〈寄衞明府常見短靴褐裘又務持誦是以有末句之贈〉：「翠竹黃花皆佛性，莫教塵境誤
　　相侵。」唐李頎〈題璿公山池〉：「片石孤峰窺色相，清池皓月照禪心。」

3. 詼諧嘲諷

君恩深似海矣，
臣節重如山乎？[13]

袁世凱千古，
中華民國萬年。[14]

國之將亡必有，
老而不死是爲。[15]　　　　　　　　　　　　（清章太炎諷康有為）

頗有幾分錢你也求他也求給誰是好，
不作半點事朝也拜暮也拜教我爲難。　（南京中華門外財神廟聯）

---

13 此聯原為五言聯：「君恩深似海，臣節重如山。」相傳為明代崇禎末年薊遼總督洪承疇（1593-
　　1665年）所自題。洪承疇後於松錦之戰，兵敗降清，有好事者遂增字改為六言聯，以諷其失節。
14 此聯上聯五字下聯六字，字數明顯失對，好事者暗諷袁世凱對不齊（起）中華民國。
15 《禮記·中庸》「國家將亡，必有妖孽。」《論語》「老而不死，是為賊。」

練習題

　　對聯的創作，需要文采以及嫻熟文史知識，方能辭意豐富，協和典雅，對初學者來說難度較高。同學們可試以個人名字嵌入對聯中，作為上下聯的首字或末字為最佳（或是在上下聯中相同的位置亦可），再藉由線上資料庫的詩文、詞語蒐集，創作出別具巧思又能自抒己意的對聯，不管用以自勉或贈人以言，人人皆可成為學富五車的新文青！

　　習作方式有二：

㈠ 自撰聯：建議可由簡單的四言聯、五言聯入手。

㈡ 集句聯：可參考唐宋以來古今詩詞，以五言聯、七言聯呈現。

參考資料

㈠ 教育部重編國語辭典修訂本

　　http://dict.revised.moe.edu.tw/cbdic/

㈡ 教育部成語典

　　http://dict.idioms.moe.edu.tw/cydic/index.htm

㈢ 韻典網

　　ttp://ytenx.org/

㈣ 寒泉

　　http://skqs.lib.ntnu.edu.tw/dragon/

㈤ 新詩改罷自長吟－全唐詩檢索系統

　　http://cls.lib.ntu.edu.tw/Tang/TangATS/Tang_ATS2012/

㈥ 智慧型全臺詩資料庫－全臺詩全文檢索

　　http://xdcm.nmtl.gov.tw/twp/b/b02.htm

國家圖書館出版品預行編目資料

應用中文／吳進安主編. －－初版. －－臺北
　市：五南圖書出版股份有限公司, 2018.09
　面；　公分
ISBN 978-957-11-9864-4（平裝）

1.漢語　2.應用文

802.79　　　　　　　　　107012975

1XAQ

應用中文

主　　　編 ―	吳進安
作　　　者 ―	吳進安、柯榮三、張美娟、薛榕婷、劉麗卿
	翁敏修
發 行 人 ―	楊榮川
總 經 理 ―	楊士清
總 編 輯 ―	楊秀麗
副總編輯 ―	黃惠娟
責任編輯 ―	魯曉玟
封面設計 ―	姚孝慈

出 版 者 ― 五南圖書出版股份有限公司

地　　　址：106台北市大安區和平東路二段339號4樓

電　　　話：(02)2705-5066　　傳　　　真：(02)2706-6100

網　　　址：https://www.wunan.com.tw

電子郵件：wunan@wunan.com.tw

劃撥帳號：01068953

戶　　　名：五南圖書出版股份有限公司

法律顧問　林勝安律師

出版日期　2018年9月初版一刷
　　　　　　2024年4月初版三刷

定　　　價　新臺幣360元

經典永恆・名著常在

五十週年的獻禮──經典名著文庫

五南，五十年了，半個世紀，人生旅程的一大半，走過來了。

思索著，邁向百年的未來歷程，能為知識界、文化學術界作些什麼？

在速食文化的生態下，有什麼值得讓人雋永品味的？

歷代經典・當今名著，經過時間的洗禮，千錘百鍊，流傳至今，光芒耀人；

不僅使我們能領悟前人的智慧，同時也增深加廣我們思考的深度與視野。

我們決心投入巨資，有計畫的系統梳選，成立「經典名著文庫」，

希望收入古今中外思想性的、充滿睿智與獨見的經典、名著。

這是一項理想性的、永續性的巨大出版工程。

不在意讀者的眾寡，只考慮它的學術價值，力求完整展現先哲思想的軌跡；

為知識界開啟一片智慧之窗，營造一座百花綻放的世界文明公園，

任君遨遊、取菁吸蜜、嘉惠學子！